イダーウィザード

著：きだつよし

講談社キャラクター文庫 016

デザイン／出口竜也（竜プロ）

目次

序章

……あたたかい。

このぬくもりに抱かれていると昔の事をふと思い出す。

決して長かったとはいえない私の人生……ううん。私の場合、それを人生とはいえないのかも知れない。だって私は……〝人〟ではなかったから。

私は、笛木《ふえき》という男の狂気によって生まれた、いや作り出された人の形をした器。〝コヨミ〟という私の名は、その笛木の娘が持っていた名前だった。

笛木は、不治の病で死んでしまった暦《こよみ》という娘の体を保存し、賢者の石を使って命を甦《よみがえ》らせようとした。けれど、肉体は復活しても魂までは戻らなかった。暦の形をしながら暦の記憶を持たない人形——それが私。

私はコヨミという名前だけを引き継いだ……生ける屍《しかばね》だった。

私は、そんな自分の冷たい体が嫌いだった。人としての思い出も、人としての温かさも、人なら誰もが持っているものを何も持っていない、そんな自分が大嫌いだった。

こんな私なんていっそこの世から消えてしまえばいい。そう思って命を断とうとした事もあった……。

そんな私を救ってくれたのが、晴人《はると》だった。

操真《そうま》晴人――彼は、私と同じサバトの犠牲者だった。

サバトは、笛木が娘を甦らせるために行ったおぞましい儀式。大勢の人がその生《い》け贄《にえ》となり、絶望の果てにファントムという魔物を生み出し、命を落とした。

晴人は絶望せず、その体にファントムを抑え込んで生き残ったけれど、それはすでに普通の人間とは違うという事を意味していた。

晴人は私にこう言った。

「俺だって似たようなもんだ」

普通の人間として生きていけない苦しみを背負った晴人。けれど彼は明るく、そして力強く前を見つめていた。

「前に進むには今を受け入れるしかないだろ。俺達が何者だろうと今を生きようぜ」

そう言って晴人は、私の冷たい指にそっと魔法の指輪をはめてくれた。


……あたたかい。


晴人の手を通じて伝わってきたぬくもり……今も決して忘れない。

「今をちゃんと生きれば、いつかそれが思い出になるし、心の中もあったかくなるって」

そう言って私を見つめる晴人の温かさが、血の通わない私の冷たい体に、心に、ゆっくりと沁《し》み渡り、それはいつしか私自身のぬくもりへと変わっていった。

晴人の存在が私の心に灯した小さな光……彼は、私の希望になった。

自分が何者だろうと今を生き抜く——その言葉のとおり、晴人は懸命に今を生きた。

魔法が使えるようになった彼は、指輪の魔法使い〝ウィザード〟と名乗り、人の心に絶望をもたらすファントムから人々を守った。

指輪をかたどった銀色の仮面に眩《まぶ》しく輝く赤い魔宝石、黒いボディーに映える銀のライン——戦士のようにりりしく魔法を放ち、腰のマントを華麗に翻《ひるがえ》しながら敵を圧倒するその勇姿は、人々の心に希望を与えていった。

そう、彼はまさに〝最後の希望〟だった。

彼はその温かい心で、魔力がなければ生きられない私を人として扱ってくれた。自分の魔力を惜しみなく与えてくれ、私を生き長らえさせてくれた。

私は、そんな晴人を心の底から慕い、彼の力になりたいと願った。そして懸命に生きた。晴人との日々が少しでも長く続くようにと……。

けれど……その想いをソラという男が引き裂いた。

ソラは、私が笛木の娘を甦らせる器として生かされ、体に賢者の石が埋め込まれている事を知り、私を狙ってきた。

ソラもサバトの犠牲者だった。

彼はファントムでありながら人だったころの心を失っていなかった。だけどその心は、自分勝手で猟奇的《りょうきてき》な殺人者。人だったころの自分を偏愛《へんあい》する彼は、元の人間に戻るために賢者の石を欲しがった。

ソラは私の体を切り裂き、賢者の石を奪って自分の体に埋め込んだ。

魔力を失った私は、晴人の腕の中で光となって消えた。

……かに思えた。

晴人の拳がソラの体を貫き、その温かい手が賢者の石を握りしめた瞬間、私は目覚めた。私の〝心〟は生きていた……賢者の石の中で。

晴人の力になりたい……！

賢者の石はその想いに応えてくれた。石は、〝希望《ホープ》〟の指輪へと形を変え、晴人はその力でソラを倒す事ができた。

私は晴人の力になれて嬉《うれ》しかった。けれど、この力がまたいつか争いの元になるかも知れない。晴人は私の願いを聞き入れ、指輪となった私が安らかに眠れる場所を探す旅に出た。

晴人と二人だけの旅……静かに流れる平穏な時間が私は嬉しかった。

けれど、それはオーガというファントムに打ち破られた。オーガは晴人から〝希望《ホープ》〟の指輪を奪い、私を甦らせてしまったのだ。

オーガに操られ、以前の心を失ってしまった私は晴人の敵となり、彼を苦しめた。

だけど晴人は、そんな私でさえ抱きしめてくれた。私の心を取り戻そうと。

晴人のぬくもりに包まれ、私は正気を取り戻した。晴人の温かさが私をまた救ってくれた。

オーガから〝希望《ホープ》〟の指輪を取り戻した晴人は、自分の心の中にいる私、記憶の中に生きるコヨミにその指輪を預けた。私が誰にも襲われず、誰にも邪魔されず、安心して眠れる場所はここしかない……そう考えて。


……あたたかい。


私は今、晴人のぬくもりの中にいる。

〝希望《ホープ》〟の指輪となった私は、晴人の心の中で、皆との楽しかった思い出に囲まれ静かに眠っている。大好きな晴人のぬくもりに包まれながら、安らかに……。

1章

「プレーンシュガー」

俺は、〝ど～なつ屋　はんぐり～〟のカウンターに肘《ひじ》をついて注文した。そう、いつものやつだ。

今日みたいに天気がいい日は無性にドーナツが食べたくなる。

明るい日差しが広がる河川敷の公園に店を出す〝はんぐり～〟は、ワゴンカーの移動ドーナツ屋であり、俺のお気に入りの店だ。

「も～、相変わらずなんだからぁ。たまには他のも頼んでよぉ、ハルく～ん」

髪型が個性的でガタイのいい店長がいつものように乙女チックに腰をくねらせる。が、俺の心は決まっている。

「プレーンシュガー」

俺はにっこり笑ってもう一度言った。

だが、店長は諦《あきら》めが悪い。

「見て見て、コレ。本日のおすすめスペシャル……新作のハートフルフルドーナツ～！この陽気にちなんで心もポカポカするように、ハート形のドーナツに色とりどりのミニミニハートチョコを溢《あふ》れんばかりにフルフルとまぶしてみたの～！　これで皆もハートフルフルよぉ！　どう？　どう？　おいしそうでしょ？」

と、マシンガンのごとく解説しながら今日のおすすめを俺の前にサッと差し出した。

たしかにうまそうなドーナツだ。

〝はんぐり〜〟のおすすめスペシャルは、店長のひらめきとこだわりがぎっしり詰まった日替わりドーナツで、この店のちょっとした人気メニューになっている。今日のおすすめも女の子なら飛びつきそうなかわいいデコレーションが施され、食欲をそそる甘い香りがプ〜ンと漂っている。

「ど〜お？」

おすすめスペシャルを見つめる俺にいつのまにか店長が顔を寄せ、その荒い鼻息が頬《ほお》に当たっている。

「プレーンシュガーひとつ」

俺はおすすめスペシャルと今にも俺の頬にキスしそうな店長の顔を静かに押し返した。

「もお〜、頑固なんだからぁ」

店長は降参したようにおすすめスペシャルをひっこめ、かわりにいつものプレーンシュガーを差し出した。

「どんなドーナツもこいつにはかなわないさ」

ドーナツを受け取りながら俺がウインクすると、店長は女の子がするようにキーッとポーズをとってみせた。が、残念ながらそのポーズはちっともかわいくない。髭《ひげ》を綺麗《きれい》に剃《そ》り落とし、念入りに手入れしているであろうお肌もツヤツヤ光っているが、彼はれっきとした〝男〟である。

人の趣味をとやかく言うつもりはさらさらないが、顔だってそれなりに整《ととの》ってるし、大人しくしてればもっとドーナツも売れそうなのに。いや、こういう店長だからこそ、この店は愛されているのかも知れない……そんなどうでもいい事を考えながら、俺はドーナツにかじりついた。

「うま」

個性的な店長からは想像できない素朴な味とほどよい甘さ。〝はんぐり〜〟のプレーンシュガーはやっぱり絶品だ。俺はさらに一口、二口とかじりついた。

プレーンシュガーにはちょっとした思い出がある。

子供のころ、両親が俺に初めて食べさせてくれたドーナツ、それがプレーンシュガーだった。初めてのドーナツをうまそうに食べる俺の顔を父さんと母さんが嬉しそうにじっと眺めていた。そんな両親を見るのが俺も嬉しくて、それから出かける度にプレーンシュガーをねだるようになった。そしていつのまにか大好物になってしまったというわけだ。

「晴人は本当にドーナツが好きねえ」

そう言いながら俺を優しく見つめる母さん……。

「うまいか？」

そう言いながら満足げに笑っている父さん……。

プレーンシュガーをかじると、子供のころの温かい家族の記憶が胸の奥に甦《よみがえ》ってくる……そんな気がするのだ。

ノスタルジックな気分に浸りながらもう一口かじろうとしたとき、ポケットの携帯が鳴った。反射的に素早くとって電話に出ると、「晴人くん?」といつもの明るい声が聞こえてきた。凛子《りんこ》ちゃんだ。

「今大丈夫? ちょっと一緒に見て欲しいものがあるんだけど」

声に少し緊張感がある。何か起こったらしい。

「ああ、大丈夫。今どこ?」

俺は場所を確認し、電話を切って駆け出そうとした。が、ふと思いついて〝はんぐり～〟に引き返し、店長に声をかけた。

「さっきのおすすめ、やっぱりひとつもらうよ」

店長が目をキラキラさせながら俺を見た。

「食べてくれるのッ⁉ ハルくん!」

「それは凛子ちゃんの分。おみやげにちょうどいいと思って」

そう言うと店長はあからさまにムッとし、恨めしそうに俺を睨《にら》んだ。

「何よ、もおッ。相変わらず仲がよろしくて妬《や》けちゃうわッ」

残念ながら妬かれるような事は何もない。

仕事熱心な凛子ちゃんが、おそらく昼飯を食いそびれ腹をすかせてるんじゃないかと思っただけだ。腹をすかせた女の子ほど恐ろしいものはない事を俺はよく知っている。

ドーナツの入った袋を受け取った俺は店から離れ、〝空間操作《コネクト》〟の指輪を右手にはめ、ベルトにある手のマークをあしらったバックルにかざした。

バックルが指輪に反応すると、俺の横、肩ほどの高さの中空に赤い魔法陣が浮かび上がった。俺は魔法陣に手を差し込み、その向こうからバイク——マシンウィンガーを引き出した。

気づくと、幼稚園児くらいの男の子が驚いた顔で俺を見つめて立っていた。

そりゃそうだ。男が突然魔法陣を出したかと思うと、その中からバイクを引っ張り出したのだから。

「何、今の……？」

「魔法さ」

俺は素直に答えた。

「お兄ちゃん魔法使いなのッ!?」

男の子は興奮気味に身を乗り出した。

「まあね」

俺は男の子にそう言うと、残りのドーナツを口に押し込み、バイクを発進させた。

そう、俺は魔法使い。ファントムの魔の手から人々を守る指輪の魔法使い……仮面ライダーウィザードだ。

「ここか……」

数十分後、俺はバイクを降りて建物を見上げていた。

凛子ちゃんが教えてくれた場所は、都心から少し離れた森の中にある古い倉庫だった。鬱蒼《うっそう》と生い茂る木々のせいか、あたりは昼間だというのにどんよりと暗い。〝はんぐり〜〟が店を出していた明るい河川敷の公園とはまるで別世界だ。

倉庫は、そんな暗い影の中に身を隠すようにひっそり立っていた。薄黒い苔《こけ》に覆われた煉瓦《れんが》作りの壁、すっかり錆《さ》びつき開きそうにない鉄の窓……そのたたずまいからここが長年使われていない場所だという事が想像できた。

(こりゃちょっとしたお化け屋敷だな)

そんな事を思っていると、バイクの音を聞きつけたのか、錆びついた小さな鉄の扉がギーッと開き、中からお化け屋敷には似つかわしくないパンツスーツ姿の綺麗なお姉さんが現れた。凛子ちゃんだ。

「ゴメンね、晴人くん。急に呼び出したりして」

「こんなところに呼び出すなんて、デートにしちゃムードがありすぎなんじゃない？」

俺がジョークを飛ばすと、凛子ちゃんがクスッと笑って言い返した。

「そうね。けど、デートにしては、その顔こそムードなさすぎなんじゃない？」

凛子ちゃんはそう言うと、俺の口元を指でちょこんと突いた。

「え、何？」

「ドーナツ。また食べてきたんでしょ？　口のまわりが真っ白よ」

「ヤッベ」

と、俺が口元を拭くより早く、凛子ちゃんの指がそっと俺の口元をぬぐった。

俺は恥ずかしいやら照れくさいやら、サッと下がって口元についている残りの砂糖をゴシゴシと指で乱暴に拭き取った。

「子供みたい」

そう言って笑う凛子ちゃんの目はまるで母親のようだ。

俺はオホンと咳払いしてとりつくろいながら、

「そんな子供から、働き者のお母さんに」

と、〝はんぐり～〟で買ったおみやげを手渡した。

「わあ、ありがとー！」

凛子ちゃんは目をキラキラさせながら俺の手から包みを奪い取ると、中からおすすめスペシャルドーナツを取り出し、パクパクと食べ始めた。

「ちょうどよかったァ。朝からなんにも食べてなかったのよォ」

俺の予想は大当たりだったようだ。

うまそうにほおばる凛子ちゃんの口元に、ドーナツにまぶしてあったハート形の小さなチョコがみるみる張りついていく。

「まったく。どっちが子供だか」

今度は俺が笑った。

凛子ちゃんは俺の視線に気づくと慌てて口元をぬぐい、「どうせ似た者同士ですよ」と恥ずかしそうに憎まれ口を叩《たた》いた。

似た者同士――たしかにそうかも知れない。

凛子ちゃんと出会ったのは、俺が魔法使いとしてファントムと戦い始めたころだ。ファントムに襲われた彼女を俺が助けたのだ。

凛子ちゃんは刑事だった。聞いたところによると亡くなった親父さんが警察官だったらしい。人を守るために人生を捧《ささ》げた親父さんを尊敬して同じ道を選んだというのだから、元来正義感が強かったのだろう。彼女は俺がファントムと戦っていると知ると協力したいと言ってきた。

が、女の子を危険な目にあわせるわけにはいかない。第一、普通の人間ではファントムに太刀打ちできない。俺はもちろん断った。が、彼女の意志は固かった。戦いの中に飛び込んできた彼女は、人々を守るためファントムの前に毅然《きぜん》と立ち塞がった。

「魔法使いじゃなくても……誰かの命を守りたいって想いはあなたと同じだから」

そう言って俺を見つめる彼女のまなざしには力強い覚悟があった。

あなたと同じ……。

俺はその言葉に何かを感じ、彼女が戦いに身を投じる事を受け入れた。

ファントムとの戦いの中で凛子ちゃんは刑事として色々な形で力を貸してくれた。彼女にファントムを倒す力はなかったけれど、彼女の捜査がファントムを倒す糸口になる事もあった。彼女が安全に人々を逃がしてくれるおかげで心おきなくファントムと戦う事もできた。

いや、それだけじゃない。俺は凛子ちゃんの明るさと優しさにどれだけ助けられただろう。俺が悩んだり苦しんだりしているときにはいつのまにかそばにいてくれて、温かい言葉をかけてくれたり、俺の気持ちを察して静かに見守ってくれる事もあった。本当に俺は救われてきた。刑事としてだけではなく、人としての彼女に……。

「何よ。まだ何かついてる……？」

いぶかしげにこちらを見る凛子ちゃんの声で我に返った。俺は気づかないうちに彼女の顔をジーッと見つめていたらしい。

「あ、や、なんていうか、その。す～んごい食べっぷりだなと思ってさ」

俺はとりつくろいながら思いつくままに言葉を並べた。

「しょうがないじゃない。ホントに何も食べてなかったんだから」

彼女はそう言いながら、むくれた顔で口元をハンカチで綺麗《きれい》に拭き取った。俺の動揺は気づかれなかったようだ。

「で？　なんにも食べないでこんなところで何やってたわけ？」

俺はこっそり息を整え、本題を切り出した。

凛子ちゃんの顔が、ドーナツをパクつく乙女のそれからりりしい刑事のものに戻った。

「調べものをしていたらこの建物の存在が浮かび上がって、それで――」

そう言いながら彼女はお化け屋敷を振り返った。俺は質問を続けた。

「ここは一体なんなんだ？」

「わからない。けど、あの男の持ち物である事はたしかよ」

「あの男？」

凛子ちゃんは少し間をおき、そして静かに言った。

「……笛木奏《そう》」

その名には覚えがあった。いや、忘れようとしても、奴の事を忘れられるわけがない。

笛木奏――コヨミを生み出し、俺が魔法使いになるきっかけを作った男の名だ。

奴は有名な物理学者だった。医学や化学にも精通し、多方面でその才能を発揮していたという。が、妻を早くに亡くし、残された一人娘も不治の病で失ってしまった不幸な男でもあった。その娘は、奴にとってまさに生きる希望だった。希望を失い絶望の淵《ふち》に叩き落とされた笛木は、娘一人も救えない現代科学に背を向け、失われた禁断の学問――魔法の世界に足を踏み入れた。

奴は〝ゲート〟と呼ばれる魔力を秘めた人間を集め、〝サバト〟という儀式を行った。ゲートの体内には魔力の塊である〝ファントム〟が潜《ひそ》み、ゲートが絶望するとその体を突き破り、化け物となって現実の世界に姿を現す。笛木の目的はファントムを大勢生み出し、その膨大な魔力を、保存した娘の亡骸《なきがら》に埋め込んだ〝賢者の石〟に注ぎ込む事だった。

サバトの生け贄《いにえ》となったゲート達は次々と、強制的に絶望させられてファントムを生み、笛木の狂気の犠牲となって死んでしまった。

俺も生け贄として集められたゲートの一人だった。だが、俺は絶望せず最後まで希望を捨てなかった事でファントムを体の中に抑え込み、なんとか生き残る事ができた。

「よく希望を捨てず生き残ったな。お前は魔法使いとなる資格を得た」

生き残った俺にそう言ったのは〝白い魔法使い〟という男だった。

白い魔法使いは、俺にファントムを倒すただひとつの道だという魔法のベルトと指輪を渡すと、記憶を失った少女——俺と同じサバトの犠牲者・コヨミを託した。

が、コヨミはサバトの犠牲者ではなかった。コヨミこそ、笛木が甦らせようとした一人娘——暦の器だった。その体は、魔力を注ぎ込まれた賢者の石の力で命を取り戻したが、心までは取り戻していなかったのだ。

賢者の石を維持するには膨大な魔力がいる。俺の魔力に目をつけた笛木は、魔力の供給源として俺をコヨミにつけ、自分はファントムを束ねて〝ワイズマン〟を名乗り、次のサバトのために新たなゲートを探し始めた。

俺にベルトと指輪をくれた〝白い魔法使い〟、俺の敵であるファントムの長〝ワイズマン〟、魔法の世界に足を踏み入れた物理学者・笛木——すべては同一人物だった。

俺は何も知らずにファントムと戦い、コヨミを守り続けた。

サバトの準備を整えた笛木はコヨミを取り戻そうとしたが、すべての真実を知った俺はそれを拒み、最後までコヨミを守って戦った。

結局、笛木は賢者の石を狙うソラによって命を落とした。自分が生み出したファントムに裏切られるという皮肉な最期だった。自分のエゴで多くの犠牲者を出した事は許されないが、彼も子供を失った悲しき親であった事に変わりはない。コヨミに手を伸ばし、亡き娘の面影を追いながら死んでいったあの顔は、まぎれもなくわが子を思う一人の父親のそれだった……。

「笛木……」

俺は笛木の事を思い出し、なんとも言えない気持ちになった。

凛子ちゃんはそんな俺の気持ちを察したのか、気遣うように言葉を選びながら話を続けた。

「ゴメンね、嫌な事を思い出させて。私達が笛木の残したものを引き続き捜査しているのは、晴人くんも知ってるでしょ？　で、資料の中にここの存在を示すものがあって、念のために調べに来たのよ」

「それで何か出てきたってわけだ」

「けっこうとんでもないものがね」

「とんでもないもの？」

「来て。話すより見てもらったほうが早いと思う」

凛子ちゃんに案内され、俺はお化け屋敷の赤錆びた小さな鉄の扉をくぐった。

お化け屋敷の中は思ったほど暗くはなかった。鉄の窓は閉めきられていたが、天井に小さな天窓がいくつか備えつけられており、そこから射し込む光がぼんやりと内部を照らし出していた。天窓のある高い天井、四方を囲む薄汚れた煉瓦の壁、ガランとした空間には埃《ほこり》まみれの木箱がいくつか乱雑に転がっているだけだった。

「ただの廃墟《はいきょ》だな」

俺は感じたままを口にした。

「うん。私も初めはそう思ったんだけど……」

と言いながら、凛子ちゃんが隅にある崩れた木箱の山を指差した。積んであった木箱を誰かが崩したのだろうか？　……俺の疑問を察したかのように凛子ちゃんが続けた。

「ここだけ妙に木箱の数が多くて。気になって少し動かしてみたの。そしたら――」

見ると、木箱が積んであったと思われる床面に鉄の扉があり、開いた口から赤錆びた鉄の階段が暗い地下へとのびている。

「まさか……一人で降りたのかッ？」

「まあね」

凛子ちゃんがいたずらっぽく笑った。

彼女にはこういう向こう見ずのところがある。仕事柄多少危険な目にあうのは仕方がないとしても、自分から進んで危険に飛び込むのはやめろとあれほど言ったのに。

「あのなあ」

あきれ半分で俺が口を開くと、遮《さえぎ》るように彼女が言った。

「だから晴人くんを呼んだんじゃない」

「はあ？」

「中を覗《のぞ》いたのはちょっとだけ。これ以上は危ない匂いがしたから、晴人くんを待つ事にしたの。これなら文句ないでしょ」

凛子ちゃんは言いつけを守った子供のように得意気に俺を見た。こういうところもまさに凛子ちゃんらしい。彼女の頭のよさは、ときに狡猾《こうかつ》に俺の先回りをする。

ドヤ顔の凛子ちゃんがにっこり笑いながら俺にペンライトを差し出した。

「エスコートよろしくね、魔法使いさん」

「ハイハイ」

と、面倒くさそうに返事をしたが、彼女に頼られるのは悪い気はしない。

俺はペンライトを受け取ると、地下に続く暗い階段をゆっくりと降りていった。


階段はそう長くはなく、ほどなくして俺の足は硬い床面に辿《たど》り着いた。足元を照らすと平らな石造りの床面が灯りの中に浮かび上がった。目の前に広がる空間は真っ暗で、ひんやりとした空気で満たされている。俺はペンライトをかざし、その暗闇に光を投げた。

光の中に突然不気味な顔が浮かび上がり、俺は身構えた。

が、よく見ると、それは怪物の顔をかたどった古代の仮面だった。こういうのを世界史の教科書で見た事がある。南国の古代の部族が魔除《まよ》けの儀式や祭事に用いる道具だ。

目が慣れてくると、それが石の柱にかけられ、他にもいくつか仮面が並んでいる事がわかった。それらは大小さまざまで時代も地域もバラバラなようだが、皆一様に人ではない不気味な怪物を模しており、暗闇の中でただならぬ邪気を発していた。

「ね？　とんでもないでしょ？」

俺の後ろについてきた凛子ちゃんが小さな声で囁《ささや》いた。

「ここに一人で降りた凛子ちゃんのほうがよっぽどとんでもないぜ」

「だって。こんな不気味なところだと思わなかったんだもん」

俺の上着の端を摑《つか》む凛子ちゃんの手がギュッと固くなった。

(気丈に見えてもやっぱり女の子なんだな)

こういうのに男は弱い。普段はサバサバした凛子ちゃんが時折見せる女の子らしさは俺の心に和やかな風を吹かせてくれる。が、今は和んでいる場合ではない。

「さ、お化け屋敷でデートとしゃれこみますか」

俺は景気づけに軽口を叩くと、再びペンライトを暗闇に向けた。

この地下室の天井はそれほど高くはないが、広さは思ったよりあるらしい。仮面をかけてあった石の柱と同じものが奥にも何本もあり、その柱のあいだを埋め尽くすかのごとく古い書物が積み上げられているのが見えた。他にも現代では目にしない不思議な形をした金属器や魔物が描かれた絵画やタペストリー、神や怪物をかたどった石像や彫刻……数十、いや数百はあろうかという年代物の品がところ狭しと並べられている。

「これだけ骨董品《こっとうひん》があれば、輪島《わじま》のおっちゃんも店が儲《もう》かって喜ぶだろうな」

俺は骨董店〝面影堂《おもかげどう》〟のおっちゃんが骨董品を手にとって悦に入《い》るのを想像しながら、地下室を埋め尽くす品々に改めてライトを向けた。

そのとき、突然眩《まぶ》しい光が突き刺さり、俺は目を覆った。

「晴人くん⁉」

「大丈夫だ。けど、あそこに何か」

心配する凛子ちゃんを制しながら、俺は注意深く光の元に手を伸ばした。

「なるほどね。俺を襲った光の正体はこいつらしい」

俺は警戒を解きながら、手にしたものを凛子ちゃんに渡した。

それは、顔くらいの大きさがある古い鏡だった。眩しく突き刺す光の正体は、ペンライトの光がこいつに反射したものだったのだ。

鏡は黄金のレリーフにはめられており、レリーフにはさまざまな種類の魔物が彫り込まれ、輪を成すように鏡のまわりを取り囲んでいる。

「これ見て」

と、凛子ちゃんが見せてくれた鏡の裏側には、小さな魔法陣と古代文字が描かれていた。

「ここは魔道具の保管場所なのかもな……」

俺はそう言いながら、近くにある他の骨董品にも目をやった。

魔道具とは魔法に使う道具の事だ。呪文を彫った金属器や魔法陣が描かれた敷物、霊力を込めた装飾具や怪しい薬品など……。俺が使っているベルトや指輪もその魔道具のひとつだ。

この地下室にある骨董品はすべてそういう類いのものらしい。よく見ると、それぞれの品に、魔法を連想させる魔法陣や古代文字が描かれたり彫り込まれたりしている。

「笛木は魔法を手に入れるために、古今東西の魔道具を片っ端から集めていたのね……」

凛子ちゃんが鏡を元のところに戻しながら言った。

笛木は一人娘を甦らせるため、知識と財産をすべてなげうったという。

(ここに集められた膨大な数の魔道具はまさに奴の執念だな……)

そんな事を考えながら、俺は闇の中に静かにたたずむ魔道具の山を改めて見渡した。

と、後ろでガタンと大きな音がした。

振り向くと、崩れた木箱の山にもたれかかるように凛子ちゃんがうずくまっている。

「どうした？」

「……なんだか気分が」

凛子ちゃんがさっきまでとは違う弱々しい声を出した。

たしかにこの地下室はただならぬ邪気に満ちている。魔法使いの俺ならともかく、普通の人間である凛子ちゃんがそう長くいられる場所ではない。

「一旦外に出よう」

俺はそう言いながら、ゆっくり起き上がろうとする凛子ちゃんに手を伸ばした。

そのとき、突然闇から突き出た〝何か〟が俺の手を弾き、凛子ちゃんの体を乱暴に引き寄せた。

「凛子ちゃん!」

俺は凛子ちゃんを引き戻そうとしたが、違う方向から来た別の〝何か〟に弾き飛ばされ、床に叩きつけられた。

手元から落ちたペンライトの光の中に、彼女を捕まえる〝何か〟の姿がぼんやりと浮かび上がった。〝何か〟はどうやら人の形をしているらしい。凛子ちゃんを捕まえているのはその腕で、俺を弾き飛ばしたのは反対側の腕のようだ。が、顔までは光が届かずはっきりわからない。

「ムオォォォ……」

〝何か〟がうめくような声をあげた。

「……晴人くんッ」

助けを求める凛子ちゃんの声より早く、俺は指輪をベルトにかざして叫んだ。

「変身！」

魔法陣が俺の体を包み込む。燃えるような赤い魔法陣から飛び出した俺は、指輪の魔法使い――ウィザードに変身した。

「さあ、ショータイムだ！」

俺は、自分を鼓舞《こぶ》するように叫《さけ》びながら、凛子ちゃんを捕まえる〝何か〟に躍りかかった。

が、〝何か〟の力は思いのほか強く、凛子ちゃんに絡《から》みつく太い腕は簡単にはずれない。

「強引な奴は女の子に嫌われるぞ」

俺は〝空間操作《コネクト》〟の指輪で魔法陣を出現させ、中からウィザーソードガンを引き出した。こいつがどんな化け物だろうと魔力を帯びたこの武器なら――俺は〝何か〟の腕に斬りつけた。

「ウガッ……！」

〝何か〟は痛みに声をあげ、凛子ちゃんを手放した。

「ありがとう、晴人くん」

「こっちに」

俺は肩で息をする凛子ちゃんを後ろに下がらせ、暗闇にうずくまる〝何か〟に向かって構え直した。

「さてと。顔を拝ませてもらおうか」

と一歩出た瞬間、突然振り向いた〝何か〟が唸《うな》り声をあげて殴りかかってきた。

「おっと」

同じ手は二度と食わない。俺はとっさに剣を突き出し、〝何か〟の攻撃を防いだ。

……つもりだった。

〝何か〟は思いもよらぬスピードでキックを繰り出し、俺の腹に強烈な一撃を食らわせた。俺は吹っ飛び、骨董品の山をガラガラ崩しながら倒れ込んだ。

「晴人くんッ！」

凛子ちゃんのその声を聞いた〝何か〟は、改めて彼女に向き直りゆらりと歩き出した。

「きゃっ……！」

暗闇の中で後ずさりした凛子ちゃんが何かにつまずいた。その瞬間、〝何か〟の顔にキラリと光が射し込んだ。

凛子ちゃんがつまずいたのはペンライトだった。つまずいた拍子に光の角度が変わってどこかに反射し、〝何か〟の顔を捉えたのだ。

「ウガッ、ウガァァ……」

〝何か〟は顔を押さえて激しく唸った。

「弱点は光か！」

俺は〝光《ライト》〟の指輪を取り出し、素早くベルトにかざした。

指輪から放たれる強烈な光が、昼間の太陽のように地下室全体を明るく照らし出した。

「ウガアアアアァ……！」

苦しみもがく〝何か〟の姿が光の中にはっきりと見えた。

奴はたしかに人の形をしていたが、明らかに人とは違っていた。体つきは、俺より二まわりくらい大きく、赤茶けた体の表面は乾いた土のようにゴツゴツし、ところどころボロボロはがれ落ちている。はがれ落ちたところからはどす黒い液体が染み出し、よく見ると体全体に赤黒い無数の筋が血管のように浮かび上がっている。奴が光を嫌うように手を振り回すと覆われていた顔が露《あらわ》になり、そこには眼球のない黒く落ち込んだ二つの目と歯のない口、今にも崩れおちそうな鼻が見えた。そしてひびわれた額には、白く描き込まれた小さな魔法陣があった。

（魔力で動く人形か）

俺は、糸の切れた操り人形のようにボロボロと皮膚を落としながら暴れまわる奴を見て哀れに思った。

「その体じゃ長くは持たないだろう。今、楽にしてやる」

俺は剣に魔力を集中させ、構えをとった。

「フィナーレだ」

力強く俺が振り下ろした剣が奴の体を真っ二つに斬り裂いた。

奴は断末魔の声とともに光の粒となって飛び散った。地下室に再び静寂が戻った。

「ふぅい」

魔力を使うと体力を著しく消耗する。俺は大きく息をついた。

「大丈夫？　凛子ちゃん」

俺は凛子ちゃんのほうを振り返りながら変身を解いた。

「私は大丈夫。それより今のは一体……」

「魔力で動く人形さ」

俺は落ちているペンライトを拾い、凛子ちゃんが倒れるときに崩した木箱を照らした。

h o m u n c u l u s――箱の隅にはそう文字が刻んであった。

「ホムンクルス……」

文字を見て凛子ちゃんがつぶやいた。

「ホムンクルスは、昔の魔法使いが作ったと言われている合成人間の事よ。人体の成分となるものを集めて蒸留器にかけて合成し、胎内と同じ環境で何十日間か保存しておくと人の形になる……って、何かの資料で読んだ記憶がある」

これがココミという器を作るための試作品だったとしたら……俺は笛木の狂気と執念を

改めて感じ、身震いした。

「ゴメンね、私のせいで」

凛子ちゃんが申し訳なさそうに頭を下げた。

「私が木箱を倒さなかったら中の化け物が目を覚ます事もなかったのに……」

「気にすんなって。これだけの魔道具があるんだ。奴一人が目を覚ましたくらいで済んだなら安いもんさ」

俺は凛子ちゃんを気遣いながら明るく答えた。

「ありがと。晴人くんのおかげで本当に助かったわ」

礼を言う凛子ちゃんの顔が少し明るくなった。

「礼ならこいつに言ってくれ」

そう言いながら俺がペンライトを向けると、それはキラッと光った。

それはさっきの古い鏡だった。ホムンクルスの弱点を暴くきっかけを作った光は、凛子ちゃんがつまずいたペンライトの光がこいつに反射したものだったのだ。

「サンキュ。お前のおかげで助かったぜ」

俺は鏡を手にとり、にっこりと笑いかけた。

鏡に映った俺の顔が、俺の言葉に答えるように同じ顔でにっこりと笑っていた。

2章

「御苦労だった、大門凜子《だいもん》」

私が書いた報告書を読み終えた木崎《きざき》さんが、クイッと眼鏡をあげた。

私はこっそり一息ついた。配属されてしばらく経つが、この人の前に立つとどうも緊張してしまう。

木崎政範《まさのり》さんは、若くしてこの〝国安0課〟の責任者に抜擢《ばってき》されただけあって、とても優秀な人物なのだが、その分少し気難しく、人を寄せつけない雰囲気がある。出会ったころの私や晴人くんも邪険に扱われ、よく嫌みを言われた。

けれど、私はこの人に多大な恩がある。何故なら、ただの刑事だった私を国安0課に出向できるよう取りはからってくれたのは、何を隠そうこの木崎さんなのだから。

この国安0課――正式名称〝国家安全局0課〟は、警察より上位にある保安組織で、ファントムのような未確認生命体による事件や超常現象を専門に捜査し、場合によっては国民の不安を煽《あお》らぬよう意図的に情報を操作し人知れず事件を解決する……なんというか、一般の人々にはほとんどその存在を知られていない、ちょっとした秘密組織である。

晴人くんに助けられてファントムの存在を知った私は、当時所轄《しょかつ》の一新米刑事という立場で、ファントムを自由に追う事ができずジレンマを感じていた。けれど、そんな状況の中で晴人くんに協力し続けた私の事を木崎さんが認めてくれ、こうして国安0課の一員として胸を張ってファントムから人々を守る事ができるのだ。

といっても、サバトで生まれたファントムは、晴人くんの活躍によって今はかなり減っている。私達の仕事は、世間のどこかに潜むファントム残党の捜索と、笛木が残した魔法に関する資料や施設の捜査が主で、ホムンクルスに襲われたあの地下室も笛木が残したもののひとつだった。

木崎さんが報告書に目を向けたままぶっきらぼうに言った。

「地下室の本格的な捜査ができるようすぐに手配する。準備ができ次第、君は改めて現場の指揮をとってくれたまえ」

「わかりました」

木崎さんとの会話はいつも事務的で早い。私は一礼し、部屋を出ようと歩き出した。

「待て」

背中に木崎さんの声が突き刺さり、私はギクッと足を止めた。報告書に不備があったのか？　やっぱりうとうとしながら徹夜で書いたのがまずかったのか？　体中から冷や汗が吹き出してきた。

「操真晴人の具合はどうだ……？」

その言葉に思わず「エッ？」と振り返ると、私を見ていた木崎さんはゴホンと咳払いしながら報告書に再び目を落とした。

「まだ起きられないのか、奴は？」

「はい……」

私は少し不安に思いつつうなずいた。

あの地下室に行った翌日から晴人くんは急に高熱を出して寝込んでしまっている。もしかすると私が気分を悪くしたように、あの地下室に長くいたせいかも知れない。けれど、私はそれから何事もなくこのとおりピンピンしている。晴人くんの高熱の原因はまったくわからないまま四日が過ぎようとしていた。

木崎さんは私の声にすべてを察したのか、報告書に目を落としたまま言った。

「わかった。あとはこちらに任せてゆっくり休めと伝えてくれ」

木崎さんの意外な言葉に私は目を丸くした。いや、意外ではない。木崎さんとはこういう人なのだ。人当たりがきつい反面、時々こういう優しい一面を見せる。が、それはあまりに不器用すぎて、ちょっぴりかわいい。

「……何を笑っている？」

眼鏡の奥の三白眼がジロッと私を睨《にら》んだ。まずい。木崎さんのかわいさについ顔が緩んでしまったらしい。

「い、いいえ。なんでもありません。失礼しますッ」

私はキリッと顔を戻して頭を下げ、足早に部屋を出た。

0課を出た私は、まっすぐ〝面影堂〟に向かった。

面影堂は、晴人くんが居候《いそうろう》している骨董品屋で、輪島繁《しげる》さんという気のいいおじさんが経営するオンボロの……いや、とても雰囲気のある古いお店だ。

この輪島さんも笛木の事件に巻き込まれた人物の一人で、笛木の目的も知らず魔法の指輪を作る手助けをしてしまった責任を感じ、晴人くんに住む場所を提供して力を貸しているのだ。

店の扉を開けると、工房から顔を出した輪島さんがいつものように気さくに出迎えてくれた。新しい工芸品でも作っていたのだろうか、顔が何かの削りかすで少し汚れている。

「やあ、凛子ちゃん。悪いね、毎日」

「いえ。晴人くんの様子は？」

「どうにか熱は下がり始めたみたいだな」

「そうですか。ならよかったです」

少しホッとしながら店の奥に入り、二階にある晴人くんの部屋へ向かった。

階段を昇って部屋の前にくると、開けっ放しになっている扉の向こうに、ベッドでぐっすり眠る晴人くんの姿が見えた。

私は晴人くんを起こさないよう静かに中に入り、枕元に置いてあるタオルをとって汗ばんだ彼の顔にそっと当てた。

（……こんな顔してたんだなあ）

晴人くんと行動するようになってずいぶん経つけど、彼の顔を真っ正面からゆっくり眺めた事はほとんどない。よく知っているのは戦っているときの横顔ばかりで、二人で話すときもほとんどファントムがらみの話ばかり。顔をのんびり眺めている余裕はなかった。改めて考えてみると、お互いの事をゆっくり話す機会はあまりなかったように思う。

だいたい晴人くんは自分の事をあまり話したがらない。小さいときに御両親を失い、一人で生きてきたせいかも知れないけど、いつも軽口を叩きながらなんでもないという顔で笑っている。弱みを見せる事はほとんどないし、見せたとしてもそれはよっぽどのときだ。

年がら年中弱音を吐いて浮き沈みの激しい私なんかは、そんな晴人くんをすごく尊敬してしまうけど、もう少し色んなところを見せてくれてもいいのになあとちょっぴり思う。

晴人くんは色んな事を一人で抱えすぎなのだ。魔法使いとしての責任も、ファントムと戦う事も、そして……コヨミちゃんの事も。

「安らかに眠りたい」というコヨミちゃんの最期の言葉を受け入れ、晴人くんは彼女の魂が宿った〝希望《ホープ》〟の指輪を自分の心の奥深くにしまい込んだけど、それによって前にも増して気を張っている……なんとなくそう見える。

ソラ、そしてオーガ……賢者の石を二度奪われた経験が、彼の心に無意識にプレッシャーを与えているのだろうか。もしかすると今回の高熱は、色んな事を一人で抱え、気負いすぎた晴人くんの体が悲鳴をあげたのかも知れない。

(晴人くんの負担を少しでも軽くしてあげたい……)

が、そう思ったところで私にはなんの力もない。何もできないばかりか、あげくの果てに晴人くんに頼ってばかり。できる事といえば、こうして黙ってそばにいる事くらいしかない。私は静かに眠る晴人くんの寝顔を見ながら自分の無力を呪い、深いため息をついた。

「凛子……ちゃん?」

晴人くんがゆっくり目を開けた。

「ゴメン。起こしちゃった?」

私はドキッとしながら、慌てて顔に当てていたタオルを離した。

「いいんだ。こっちこそゴメン、心配かけちゃって」

「ううん。それよりどう?　熱は下がってきたって輪島さんが言ってたけど」

「ああ。体もずいぶん軽くなった。昨日までの苦しさが嘘みたいさ」

そう話す晴人くんはたしかに昨日より具合がよさそうだ。私は少し安心した。

具合がよくなったのを見せるためか、晴人くんはゆっくりと体を起こし、話し続けた。

「もしかするとコヨミが助けてくれたのかも知れない」

晴人くんの口から思わぬ名前が出た。

「ココミちゃんが……？」

「ああ。昨夜《ゆうべ》……ココミの夢を見たんだ」

その言葉に、私の胸が小さくドクンと鳴った。

「どんな夢だったの……？」

私は努めて冷静に聞き返した。晴人くんは私のわずかな心の動きに気づく様子もなく、夢の中身を話し始めた。

「それが変な夢でさ。寝てる俺の頭の上にココミが立ってたんだよ。で、なんにもしゃべらないで俺の事をジーッと見つめてるんだ」

私は、晴人くんを優しいまなざしで見つめるココミちゃんの黒い瞳を思い出した。

「だから俺は何度も声をかけたんだけど、あいつ全然答えなくってさ。そのうちにスーッと消えちまったんだ。で、目が覚めたらなんだか熱が下がってて」

夢で出会ったココミちゃんの事を愛おしそうに話す晴人くんを見て、私は何故だか胸が苦しくなった。

「どうしたの？　凛子ちゃん」

晴人くんが黙っている私の顔を心配そうに覗《のぞ》き込んだ。

「あ、ううん。不思議な夢だなあと思って……。って事は、晴人くんの中にあった悪いものをココミちゃんが持っていってくれたのかもね」

私がとりつくろいながらそう言うと、晴人くんが「だな」と嬉しそうに笑顔を見せた。

私は、その笑顔にまた胸がざわつきそうになるのを抑えながら話題を変えた。

「そういえば木崎さんから伝言が。〝あとはこちらに任せてゆっくり休め〟だって」

晴人くんは鼻で笑いながら、

「あいつらしくない。どうせ俺が元気になったらまたこき使うつもりなんだろう」

と、木崎さんを皮肉った。

こう言いながら、晴人くんも木崎さんの事を心の底では信頼している。性格や方法は違っても、人々を守るという同じ目的を持つ者として互いに認め合っている事は、私にはわかっている。

「呼び出す私も悪いけど、晴人くんはちょっと頑張りすぎよ。しばらくは真由《まゆ》ちゃん達に任せてゆっくり休んだほうがいいと思う」

と私は言った。

稲森《いなもり》真由ちゃんは晴人くんと同じ魔法使いで、他にも、飯島譲《いいじまゆずる》くん、山本昌宏《やまもとまさひろ》さんという魔法使いがいる。三人ともファントムに襲われたが絶望しなかった強い心の持ち主だ。笛木の策略によって魔法使いにされてしまったけれど、その力を晴人くんと同じように人を守るために使いたいと0課に協力してくれているのだ。

「じゃ、お言葉に甘えて休ませてもらおうかな。木崎にこき使われないようにって、三人によろしく伝えてくれ」

　少し元気になったせいか晴人くんはいつものように軽口を叩いた。

　部屋を出た私は、ふと廊下の奥に目をやった。廊下の奥には扉を閉めきった部屋がひとつある。ココミちゃんが使っていた部屋だ。

　ココミちゃんがいなくなってもそのままにしておいて欲しい、そう晴人くんが頼んだと輪島さんが話してくれた。

　私は、晴人くんが見たというココミちゃんの夢の話を思い出した。

　晴人くんの心にはまだしっかりココミちゃんがいる……。

　私はなんだか切なくなり、階段を一気に駆け下りた。


　事件はその夜起こった。

　魔法使いの一人である山本さんが何者かに襲われたのだ。

　山本さんは買い物を終え家に帰る途中に事件に巻き込まれた。現場から逃走する人物の目撃情報もあった。が、山本さんは魔法使いである。戦闘のプロフェッショナルではないけれど、その辺の暴漢に簡単に負けるはずはない。

　知らせを受けた私は、山本さんが運ばれた病院に急いだ。

病院に着くと、受付に担当の看護師さんがいて、病室まで案内してくれた。

私は向かいながら話を聞いた。

「容態は？」

「特に目立った外傷はなく、脳にも異常はありませんが……意識不明です」

「それってどういう……？」

「わかりません。ただ著しく体力を消耗されている事はたしかです」

看護師さんもまだ詳しくはわからないらしい。私はとにかく病室へ向かった。

病室に入ると、昏睡《こんすい》状態で点滴を受ける山本さんがベッドに横たわっており、その脇には小さな赤ちゃんを抱いた山本さんの奥さんがいた。

奥さんは私を見ると、今にも泣き出しそうな声で言った。

「大丈夫でしょうか、主人は？　一体何がッ……？」

「詳しくはまだ。きっと大丈夫です、落ち着いてください」

ああ……と深い息をつきながら奥さんは椅子に座り込んだ。

私は改めてベッドに横たわる山本さんを見た。

たしかに、襲われたにしては外傷がまったくない。こうして見ると、ただ眠っているだけにも見える。

（以前、人の心の中に入り込んで心を壊すファントムがいた。まさか今回も……）

私の頭の中を悪い予感が駆け巡った。

ウァァァンと突然背後で声がした。振り返ると、奥さんに抱かれた赤ちゃんが大声で泣いていた。

「大丈夫、パパはすぐに元気になるから。大丈夫。大丈夫だから……」

そう言いながら、目の前に横たわる山本さんを見つめる奥さんの目には涙が溢《あふ》れ、赤ちゃんを抱いている手は小さく震えていた。

魔法使いをパートナーに持つという事は、こういった不安を抱える事なのかも知れない。私は、奥さんの気持ちが他人事には思えず胸が締めつけられた。


事件は立て続けに起こった。

翌日、今度は譲くんが何者かに襲われたのだ。しかも白昼堂々と。

中学生の譲くんは学校から帰る途中、友達と別れて一人きりになったところで襲われたらしい。が、彼も山本さんと同じく外傷はなく、著しい体力の消耗により意識不明の状態だった。

病院に向かうと、譲くんは山本さんと同じ病室で隣のベッドに寝かされていた。今日は山本さんの奥さんの姿はなかったが、かわりに知らせを聞いて駆けつけた真由ちゃんと仁《に》藤《とう》くんがそばについていた。

仁藤くんが歯ぎしりしながら拳を握りしめた。

「譲はまだ子供だぞ！　なのに大人げねえ事しやがって……。誰だか知んねえがぜってえに許さねえッ！」

譲くんに人一倍目をかけている仁藤くんの怒りは相当なものだ。

仁藤攻介《こうすけ》くんは魔法使いだが、晴人くん達とは少し違っている。考古学者の卵で探検家の彼は、遺跡の調査中に古代のベルトを手に入れ、〝アーキタイプ〟と呼ばれる古《いにしえ》の魔法使いに変身できるようになった。

何故か晴人くんをライバル視する仁藤くんは自由奔放な性格で、基本的に独自の行動をとっているので、０課への協力も「気が向いたら」というスタンスだ。けれど元来人がよいので、何かあると必ず駆けつけてくれる。特に譲くんの事となると、笛木の策略とはいえ自分の力不足で譲くんを魔法使いにしてしまった責任を感じているせいか、一も二もなくこうして飛んできてくれるのだ。

昏睡状態の二人を見つめていた真由ちゃんが口を開いた。

「二人が同じ状態にさせられたって事は、犯人は同一人物って事ですよね？　犯人はどうして二人を……？」

「そうね……」

とだけ答えた私の頭にはひとつの推測が浮かんでいたが、あえて口にするのはやめた。

「それって二人が……魔法使いだから？」

真由ちゃんが私のものと同じ推測を口にした。

そうなのだ。犯人はおそらく魔法使いを狙っている……。よけいな心労を真由ちゃんにかけたくなかったのだが、頭のよい彼女はすでにわかっていたようだ。

高校生の真由ちゃんは年のわりにすごくしっかりしているし、魔法使いとして男勝りの活躍を見せる気丈な一面もある。けれどやっぱり普通の女の子なのだ。身に迫る危険を間近に感じたその顔に不安の色が浮かんでいる。

「それはわからない。けれど気をつけるに越した事はないわ。今夜は私がついててあげるから安心して」

私の言葉に少し気持ちが落ち着いたのか、真由ちゃんが小さくうなずいた。

「おっし！」

しばらく黙っていた仁藤くんが気合とともにスッと立ち上がった。そのまま病室を出て行こうとしたので、私は声をかけた。

「どこ行くの？」

「譲をこんな目にあわせた奴を探しに行く」

「でも」

「おーっと、皆まで言うな」

仁藤くんがいつもの口癖で遮《さえぎ》った。

「俺も魔法使いだから狙われるかも知れないって言うんだろ？　ピンチはチャンス。向こうから現れてくれるなら、かえって好都合ってもんだ」

彼はそう言うと、あばよというふうに気障《きざ》に手を振り部屋を出て行った。

まったく……。仁藤くんはいつもこうなのだ。人の話を最後まで聞かないで、勝手に自分で解釈して勝手に行動してしまう。私が言いたかったのは、皆で一緒にいたほうが安全だからここを動かないでって事なのに。

私がため息をつくのを見て、真由ちゃんも苦笑いした。


病院を出るころにはすっかり夜になっていた。

私は真由ちゃんを送るため、車が置いてある駐車場へと歩いていた。真由ちゃんは喉が渇いたと言って、途中の曲がり角にあった自動販売機でジュースを買っている。

私は車に乗り込んでキーを差し込み、エンジンをかけようとした。

そのとき、キャーッ！　という悲鳴が突然聞こえてきた。真由ちゃんがいるはずの曲がり角のほうからだ。

私は車から飛び出し、来た道を急いで戻った。

曲がり角を曲がると、走ってきた真由ちゃんとドンとぶつかった。抱きとめると、彼女はひどく怯《おび》えている。

「どうしたの？　今の悲鳴は何？」

「あれ……！」

振り返った真由ちゃんが指差した方向に黒い人影が見えた。

それが男なのか女なのかはわからない。何故ならその人影は、頭のてっぺんから足の先まですっぽり覆うフードつきの黒いマントを着ていたからだ。

「誰……？」

私は真由ちゃんを後ろに下がらせながら一歩前に出た。

「まいったな。一人じゃなかったのか」

フードで隠れた顔はよく見えないが、その声から男であるらしい事はわかった。

「答えなさい！　あなたは誰？　真由ちゃんに何の用？」

私の問いかけにフードの下からちらりと見える口元がフッと緩んだ。

「ホントに威勢《いせい》がいいなあ、凛子ちゃんは」

り、凛子ちゃん……だあッ？

私は黒マント男の馴《な》れ馴《な》れしさに唖然《あぜん》とし、言い返した。

「ちょっと！　誰だか知らないけど、あなたに馴れ馴れしく呼ばれる筋合いはないわ！」

男は私を小馬鹿にするように言い放った。

「悪いんだけどさ。今は痴話喧嘩《ちわげんか》してる暇はないんだ」

痴話喧嘩って、何よそれ！　頭に来た私は思わず男に詰め寄った。

と、黒マントの下から手がヌッと突き出て、衝撃波が私の体を道路の脇へ吹っ飛ばした。

「ごめんよ、今度優しくするから」

黒マントの男は私にそう言うと、真由ちゃんのほうにゆっくり歩き出した。

体を起こそうとしたが、吹っ飛ばされたときに腰をしたたかに打ったせいで、すぐには立てない。

「逃げて！」

私は真由ちゃんに向かって叫んだ。

「でも……」

私を置いては行けないという顔で真由ちゃんがこちらを見た瞬間、黒マントの男は彼女に素早く近づき、ポケットから何かを抜き取った。それは、魔法のベルトを召喚《しょうかん》する指輪だった。

「何をするの⁉　返してッ」

「ちょっと借りるだけさ。すぐ済むから」

黒マントの男は、もがく真由ちゃんの手をとって指輪をはめると、手のマークをあしらった彼女のバックルに指輪をかざし、彼女の腰に魔法のベルトを出現させた。

「無理やり変身させるつもり……？」

真由ちゃんの顔が不安に歪《ゆが》んだ。

「まさか。変身なんかしないほうが君はずっと魅力的だ」

男はいけすかない軽口を叩くと、マントの下からもう一方の手を出した。

「どうして……!?」

私は思わず声が出た。

黒マントの男の指には〝希望《ホープ》〟の指輪があった。無から命をもたらす賢者の石の力を秘めた究極の指輪……コヨミちゃんの心を宿すこの指輪は、今は誰にも奪われないよう晴人くんの心の奥深くにしまわれているはず。なのに何故、この男が……？

男は、月明かりに照らし出されキラキラと光る〝希望《ホープ》〟の指輪を真由ちゃんの魔法のベルトにかざそうとした。

そのとき、「とりゃあああああ！」という気合の声とともに飛び込んできた影が、黒マントの男に躍りかかった。黒マントの男がサッとよけると、飛び込んできた影は解放された真由ちゃんを守るように身構えた。それは仁藤くんだった。

「仁藤くん!?　どうし――」

「おーっと！　皆まで言うな」

いつものごとく、仁藤くんが勢いよく私の言葉を遮った。

「敵を欺くにはまず味方からってな。俺は一人で行動すると見せかけて、真由ちゃんをずっと見張ってたのさ。譲を襲った奴が絶対真由ちゃんの前に現れると思ってな」

感謝と呆《あき》れが入りまじりつつ、私は思わず突っ込んだ。

「だったらもっと早く出て来てよ！」

「悪りぃ悪りぃ。ちょっとションベンしたくなって。用を足してるうちに見失っちまったんだ」

こういうところが仁藤くんらしいが、ちょっとイライラしてしまう。

「まったく。〝マヨネーズ〟まで現れるとはな」

黒マントの男は、仁藤くんにも馴れ馴れしい口を叩いた。

「俺のマヨネーズ好きを知ってるとは、さては俺のファンかあ？　が、サインは俺の質問に答えてからだ。譲や山本さんを襲ったのはてめえかッ？」

男は答えるかわりに仁藤くんに向かって手を突き出した。

「危ないッ」

私が叫ぶのと同時に、男の手から私を弾き飛ばした衝撃波が繰り出された。が、仁藤くんは機敏に転がりながらそれを躱《かわ》し、改めて身構えた。

「なるほど、てめえも魔法使いか。なら遠慮しねえぜ」

仁藤くんは指輪を取り出し、腰に巻いた古代のベルトにガチッと差し込んだ。獣の咆哮《ほうこう》とともに閉ざした門のようなバックルが開き、獅子《しし》の顔をかたどった黄金のレリーフが現れた。獅子の口から放たれた魔法陣が仁藤くんを包み込むと、彼の姿が古の魔法使い——ビーストになった。

「さあ、ランチタイムだ！　や、夜だからディナータイムだ！」

ビーストになった仁藤くんは、肩のマントを翻《ひるがえ》し、その名のごとく獣のような激しさで男に躍りかかった。

黒マントの男は、仁藤くんの攻撃を素早く躱しながら衝撃波を次々繰り出した。が、仁藤くんも負けてはいない。取り出した剣、ダイスサーベルで衝撃波をすべて弾き返すと、大きく構え直した剣を振り下ろし、黒マントの男に向けて猛烈な炎を放った。黒マントが炎に巻かれ、一気に燃え上がった。

「焼き加減はレアにしといてやるぜ。全部燃やしちゃ顔が拝めねえからな」

仁藤くんの言うとおり、燃えたのは黒いマントだけだった。燃え尽きたマントが灰になって散ってゆくと、月明かりの中に男の素顔がボウッと浮かび上がった。

「お前ッ……！」

仁藤くんが思わず声をあげた。

いや、驚いたのは仁藤くんだけではない。真由ちゃんも、そして私も……。彼の顔を見て皆が言葉を失った。

彼はそんな私達を見てフッと笑うと、走り去っていった。

呆気《あっけ》にとられた私達は彼を追う事ができなかった。

しばらくして真由ちゃんが口を開いた。

「凛子さん、今のは……」

「……うん」

私はそれだけ言うのがやっとだった。

真由ちゃん達を襲い、今私の目の前から姿を消した男——それはまぎれもなく、晴人くんだった……。

3章

「お～いし～いですかァァァァァァ♪　は～るとサァァァァ～ン♪」

調子はずれの音階で歌うハイテンションな瞬平《しゅんぺい》の顔がどアップで迫った。

「近いってッ！　んなに寄られたら落ち着いて食えねえじゃねえか」

「あ、すいませんッ。晴人さんが元気になったんで、つい嬉しくて～。たりらりら～ん」

「なんだよ、たりらりら～んって」

俺は、浮かれて店の中を踊り歩く瞬平を呆《あき》れて見ながら、奴が見舞いに持ってきてくれたドーナツをかじった。もちろん大好物のプレーンシュガー。たいがいの事ははずしまくる瞬平もこれだけは絶対にはずさない。それが奴のいいところだ。

奈良《なら》瞬平は、この面影堂に出入りする、なんというか俺の仲間みたいなもんだ。ファントムに襲われたのを助けたのがきっかけで、以来俺につきまとうようになった。

瞬平は子供のころ、魔法使いになりたかったらしい。俺が魔法使いとわかると弟子入りしたいと頼み込んできたが、それが叶《かな》わないと理解すると凛子ちゃんと一緒に俺を助けてくれるようになり、今は輪島のおっちゃんに弟子入りして指輪作りの修業をしている。

瞬平は頼りなさと騒がしさしかないどうしようもない奴だが、どこか憎めない。ときにミラクルを起こす事もあり、奴が作った指輪にピンチを救われた事もあった。

「もう大丈夫なんですか？　起き出してきて」

瞬平が人懐っこい笑顔でまた寄ってきた。

「ああ。食欲もすっかり戻ってきたよ」

俺は残りのドーナツを一気に口に押し込んだ。

ココミの夢を見てから、俺の体はあっという間に回復した。何日も俺を苦しめたひどい高熱も今ではすっかり引いている。こうして久しぶりに二階から降り、店のソファでくつろぐ事ができるのもそのおかげだ。

俺はテーブルにある〝はんぐり〜〟の包みに手を伸ばし、二つ目のドーナツをとった。

そのとき、バン！　と店の扉が乱暴に開き、仁藤が飛び込んできた。

「あ、仁藤さん！」

瞬平が仁藤をにこやかに出迎えたが、奴はそれを無視してズンズン近づいてくると、いきなり俺の胸倉を摑《つか》んだ。

「一体どういう事だッ！」

仁藤の声は激しい怒りに満ちている。俺はわけがわからず、混乱しながら返した。

「なんだよ、いきなり。どういう事ってどういう事だ？」

「とぼけんな！　さっきの事だよッ」

（さっきの事……？）

俺はますます混乱した。俺は今日一日面影堂から出ていない。顔を合わせたのは、輪島のおっちゃんと見舞いに来た瞬平だけだ。

瞬平がオロオロしながら俺と仁藤のあいだに入った。

「ちょちょちょ。どうしたんですか、落ち着いてくださいよ」

「落ち着いてられっかッ！　おい、晴人。てめえも呑気《のんき》にドーナツ食ってんじゃねえ！」

仁藤は怒りに任せて俺の手からドーナツを奪い取ると、そのまま後ろに放り投げた。

「アアーッ！　なんて事を……僕がせっかく晴人さんに買ってきたドーナツなのにーッ！」

瞬平が悲痛な声をあげながら仁藤に摑みかかった。

「ドーナツなんかどうでもいい！　今はそれより――」

と、仁藤は瞬平の手を振りほどこうとしたが、瞬平はさらに絡《から》みついてわめき散らした。

「謝ってくださいっ！　僕の思いやりをポイ捨てした事、ちゃんとお詫《わ》びしてくださいっ！」

「わーったわーった。あとでゆっくり」

「いや今ですっ！　今すぐ謝ってくださいっ」

「だから今そんな場合じゃ――」

……俺を締めあげていた仁藤は、いつのまにか瞬平と揉《も》み合っていた。

回復したとはいえ、病み上がりでハイテンションのこの二人の相手はきつい。俺は目の前で争う二人を見ながら深いため息をつき、再びソファに腰を下ろした。

騒ぎが聞こえたらしく、奥から輪島のおっちゃんが現れた。

「どうした？　何の騒ぎだ？」

「や、晴人の野郎がよ」

「いや、仁藤さんが」

「だからその前に晴人の事を」

「いいえ。その前に仁藤さんの事ですっ！」

輪島のおっちゃんが現れても二人の言い争いは止まらない。

「こうなったのは……晴人ッ、全部お前のせいだぞ！」

瞬平に絡まれながら仁藤が俺を睨《にら》みつけた。

仁藤が何を怒っているのかはわからない。ただ、今夜は長い夜になりそうだという事だけは、なんとなく想像できた。


……三十分後。

さっきまでの騒ぎが嘘のように、面影堂の中は重苦しい空気に包まれていた。

瞬平を押さえ込み、ようやく話を終えた仁藤が厳しい顔で俺を見つめている。俺と一緒に話を聞いた瞬平と輪島のおっちゃんは黙り込んだままだ。

「そいつは本当に俺だったのか……？」

俺は改めて仁藤に質問した。

仁藤の話では、魔法使いである山本さんと譲が次々に襲われ、ついさっき真由ちゃんも同じように襲われたという。しかもその犯人が俺だというのだ。

「この俺がお前を見間違えるはずがねえ。凛子ちゃんや真由ちゃんだって、あれはお前だってはっきり言ってた」

仁藤は自信たっぷりに、そして怒りの入りまじった声で言った。

三人の知り合いが、ここにいた俺を別の場所で目撃するなんて……一体どうなってんだ？

「お前……本当にここにいたのか？」

仁藤が俺に疑惑の目を向けた。

「いましたよ、晴人さんは！」

瞬平が割って入った。

「僕が来たとき、晴人さんは二階から降りて来たんですから」

「そりゃいつだ？」

「仁藤さんが来る十五分くらい前だから――」

と、瞬平は壁にかけてある骨董品《こっとうひん》の時計を見て、「八時くらいですかね」と答えた。

「俺達が晴人を見たのは七時過ぎだ。晴人、お前はそのときもここにいたのか？」

仁藤の質問に俺は正直に答えた。

「ああ、二階の自分の部屋にな。下に降りて来たのは、瞬平が来てからだ」

仁藤はおっちゃんに目を向けると矢継ぎ早に質問した。

「おっちゃんも店にいたのか？　晴人が部屋にいるのを見たのか？」

うつむいていたおっちゃんが顔をあげ、歯切れ悪そうに答えた。

「店にはいたが、晴人の部屋には朝入ったきりだ。それからはずっと部屋で横になってると思っていた……」

「じゃ、アリバイはなしって事だな」

仁藤はそう言うと改めて俺を睨んだ。

「ちょっと待てよ。なんで俺が真由ちゃん達を襲う必要があるんだ？」

「知るか！　だからそれをお前に聞いてんだ」

仁藤は、譲を意識不明に陥れたのが俺だと完全に思っているらしい。

こりゃ本当に長い夜になりそうだと思っていると、店の扉が開き、凛子ちゃんと真由ちゃんが入ってきた。

「凛子さん、真由ちゃん」

瞬平が声をかけたが、二人は軽く会釈《えしゃく》を返しただけで、ソファに座る俺を複雑な表情で見た。二人も仁藤と一緒に〝俺を見た〟という話だ。同じように不信感を持たれたとしても仕方がない。

凛子ちゃんが仁藤に話しかけた。

「晴人くんにさっきの話を……？」

「ああ。こいつは身に覚えがないらしい。が、アリバイもなしだ」

「そう」

凛子ちゃんは短くそれだけ答えるとさらに表情を曇らせた。

「それより何してたんだ？　お前ら」

「すいません。凛子さんの電話に連絡が入って、二人で病院に戻ってたんです」

仁藤の質問に答えたのは、真由ちゃんだった。

「……いい知らせと悪い知らせがひとつずつあるわ」

凛子ちゃんが思いつめた顔で言った。

「譲になんかあったのかッ⁉」

仁藤が身を乗り出した。

「ううん。そっちはいい知らせ。……譲くんと山本さんの意識が回復したわ」

凛子ちゃんの言葉に「よっしゃあー！」とガッツポーズをとった仁藤が嬉し泣きしなが

ら床にうずくまった。事情を聞かされていた瞬平もホッとしたようにソファにへたりこんだ。

「で……悪い知らせは？」

俺は凛子ちゃんに聞いた。

凛子ちゃんは一瞬ドキッとしたような顔をしたが、意を決したように静かに話し始めた。

「譲くんと山本さんが……自分を襲ったのは晴人くんだとはっきり証言したわ」

今度は俺がドキッとした。凛子ちゃんはそんな俺をチラッと見ながら、沈痛な表情で続けた。

「二人の前に現れたのは、真由ちゃんのときと同じ、黒マントの男だったそうよ。彼らも初めは警戒したらしいんだけど、フードをとった男の顔に安心して気を許したって……」

「その男が俺だったんだな……？」

俺の問いに凛子ちゃんが静かにうなずいた。場の空気が再び重苦しくなった。

「あのおッ！」

重苦しい空気を破ろうとしてか、瞬平がわざとらしいほど明るい声で手をあげた。

「皆が見た晴人さんは偽者《にせもの》って事は考えられませんか？　その、たとえば、ファントムが化けてたりだとか！」

「うん。可能性は十分にあると思う」

凛子ちゃんの顔が瞬平の言葉に後押しされるように少し明るくなった。

「それはあり得ねえ」

と、仁藤が割って入った。

「奴は俺の事を〝マヨネーズ〟って言いやがった。んなふうに俺を呼ぶのは、晴人以外に考えられねえ」

「たしかにあいつは……いいえ、あの晴人くんは、私の事も馴《な》れ馴《な》れしく〝凛子ちゃん〟って呼んだ。けど、皆を知ってるからって、彼を晴人くんだと決めつけるのは」

「それだけじゃねえ。俺は奴と一戦交えたからよーくわかる。あれは俺が知ってる晴人の動きだった。ライバルの俺が言うんだから間違いねえ」

凛子ちゃんに反論する仁藤は自信たっぷりだ。

仁藤は思い込みが激しいが、決して嘘をつくような男じゃない。奴が本能的にそいつを俺だと感じたのなら、それはそれで本当だろう。だが、そうなると、もう一人の〝俺〟は一体何者なのか……？

「けど、晴人くんは倒れてからずっと面影堂にいたのよ」

凛子ちゃんが俺をかばうように仁藤に食い下がった。

「その事なんだが……」

考え事をするようにずっと黙っていたおっちゃんが口を開いた。

「ちょっと気になる事を思い出してなあ。晴人が、その……」

と、おっちゃんは少し口ごもりながら、チラッと俺を見た。

「出かけるところを見たんだよ」

皆の顔に驚きが走った。いや、皆だけじゃない。一番驚いたのは、この俺だ。何故なら俺は、凛子ちゃんの言うとおり、倒れてからずっとベッドにいたのだから。

集中する皆の視線に慌てながら、おっちゃんが続けた。

「や、俺の見間違いなのかも知れないんだが……工房にこもって作業をしてたら、扉が開く音がしてな。で、店のほうを覗《のぞ》くと、閉まりかける表の扉の向こうに、出て行く晴人の後ろ姿が見えたんだ。熱があるのにどこへ行くんだと思って慌てて追いかけたら、姿はもうなくて……。何かの見間違いか気のせいかと思って、すっかり忘れてたんだが」

「そりゃいつの話だ？」

仁藤が食いつくと、おっちゃんはウーンとしばらく考えてから言った。

「……たしか、おとといの晩だったな」

俺の胸がざわついた。おとといの晩といえば、コヨミの夢を見た日だ。

「けど、その晩も俺は朝までベッドの中にいたぜ」

俺は胸のざわつきを抑えながら言った。

「じゃ、その晴人くんは一体……？」

凛子ちゃんが眉を寄せた。

「……ドッペルゲンガー」

真由ちゃんが小さくつぶやいた。

皆が真由ちゃんを見た。

「前に本で読んだ事があるんです。ドッペルゲンガーっていうのは、同じ人物が同時に複数の場所に姿を現す現象だそうです。晴人さんがそのときここにいたなら、そういう事も考えられるのかなって……」

真由ちゃんの説明に瞬平が思いついたように声をあげた。

「僕も聞いた事があります！　たしか、自分のドッペルゲンガーを見た人は、しばらくすると死んじゃうっていう」

凛子ちゃんが怖い顔で瞬平を見た。瞬平は、よけいな事を言ったという顔をしてギュッと口をつぐんだ。

「だとしたらだ。その、ドッペル……ナントカってのはどうして魔法使いを襲ったんだ？　だいたいそいつは譲と山本さんに何しやがったんだ？」

仁藤が凛子ちゃんに問いかけた。

凛子ちゃんが改めて答えた。

「二人は彼の指輪に魔力を奪われたそうよ。魔力をほとんど吸い取られて、それで意識を失ったみたい。おそらく真由ちゃんを襲ったのも、彼女の魔力を狙っての事だと思う」

「わかった！」

仁藤がひときわ大きな声をあげ、俺を見た。

「熱でうなされ死の淵をさまよったお前は、自分でも知らないうちに無意識に起き上がり、魔力をチャージしようと皆を襲ったんだ！」

せっかちな仁藤は、これでおしまいとばかりに自分の推論を早口でまくしたてた。

たしかに熱にうなされ苦しかったせいか、倒れてからの記憶は曖昧でなんだか混沌《こんとん》としている。仁藤の推理もあながち間違ってはいないかも知れない。

「じゃ、晴人くんは夢遊病にでもかかってるっていうの？」

「そうだ」

「だとしても、晴人くんがみんなを襲うわけが――」

「おーっと！　皆まで言うな」

仁藤がいつものごとく遮《さえぎ》った。

「とにかく。こいつが重要参考人である事は違いねえんだ。真相がはっきりするまで晴人をしっかり見張るしかねえな」

凛子ちゃんは仁藤の言う事も一理あるというふうに深くため息をつきながら、俺をチラッと見た。俺は仕方ないさというふうに目配せをし、もう一人の俺をめぐるこの奇妙な事件について改めて考え始めた。

4章

「状況はわかった。しばらく警戒が必要だな」

電話の向こうから木崎さんの冷静な声が聞こえてきた。

私は停めた車の中で、晴人くんに関する一連の件を木崎さんに報告しているところだ。

譲くんと山本さんの昏睡《こんすい》が魔力を奪われたせいだとわかり、真由ちゃんが「二人の回復のために私の魔力を少しでも」と申し出てくれたので、私は譲くんに一言かけてやりたいという仁藤くんも一緒に連れ、病院まで戻ってきたのだ。

瞬平くんは、仁藤くんに晴人くんの見張りを命じられ、今夜は晴人くんの部屋に泊まり込むらしい。晴人くんと一晩中一緒にいられるせいか、瞬平くんはまるでピクニックにでも出かけるかのようにウキウキと夜食の買い出しに行った。

できれば、その役目は私がかわりたかった。晴人くんと二人になれば色々とゆっくり話せるし、私なら彼の味方として親身に話を聞いてあげられる。それに、うまくすれば事件の謎を解明する糸口も摑《つか》めるかも知れないからだ。

けれど、残念ながらそれは少しあと回しにしなければならない。私は0課の一員だ。まずは事件の報告をまとめなくてはならないし、0課に力を貸してくれる真由ちゃん達をフォローするのも私の大切な仕事なのだ。

電話の向こうの木崎さんが続けた。

「操真晴人は0課として正式に監視する。君は明日から例の笛木の地下室の再捜査の指揮をとってくれ」

「エエッ⁉」

私は思わず大声をあげた。

そうなるとしばらく忙しくなる。面影堂に顔を出すのも毎日というわけにはいかなくなり、晴人くんとますます会えなくなってしまう。私は木崎さんに食い下がった。

「晴人くんを0課でマークするなら、その任務は私にやらせてもらえないでしょうか?」

「ダメだ」

木崎さんは即答した。私はさらに食い下がった。

「どうしてです? 晴人くんの事なら0課の誰よりも私が一番知っています。私なら彼も色々と話してくれるでしょうし、事件の謎を解いて彼の疑いを晴らす事も……」

「だからだよ、大門凛子」

木崎さんが私の言葉を遮《さえぎ》るように言った。

「君は操真晴人に近すぎる。君が気を許した隙に奴が新たな事件を起こす可能性もある」

「そんな事……木崎さんも晴人くんを疑ってるんですかッ?」

「操真晴人は現在重要参考人だ」

木崎さんの冷たい声が私の耳に突き刺さった。

私はもう一度食い下がろうとしたが、電話の向こうから漂う無言の圧力に、これ以上何を言っても聞いてもらえない事を悟った。

黙り込んでいる私の耳に再び木崎さんの声が聞こえてきた。

「君も刑事なら冷静に事件に対応しろ。私情に惑わされるな」

木崎さんは淡々と告げると、そのまま電話を切った。

「アーッ、もおッ！」

電話を切った私は、やり場のない怒りを目の前のハンドルに思い切りぶつけた。

このハンドルも私の拳をどのくらい食らいまくってきただろう。

〝刑事として冷静に事件に対応する〟

そんな事は木崎さんに言われなくても十分わかってる。晴人くんの事だって刑事として冷静に対応している。晴人くんの状況を刑事として冷静に心配し、晴人くんには私がついたほうがいいと刑事として冷静に判断し、晴人くんの無実を刑事として冷静に……。

いや……すべては〝つもり〟だったのかも知れない。

私は刑事である以前に、常に晴人くんへの気持ちを優先している。晴人くんをなんとしてでも助けてあげたい。仕事を放っぽり出してでも彼のそばについていてあげたい。ずっと彼のそばに……。

木崎さんはそんな私の気持ちを見透かし、あんな言葉を私に向けたのかも知れない。

そう思ったとたん私は急に恥ずかしくなり、アアーッと嘆きの声をあげながらハンドルに顔をうずめた。

ごめんね、ハンドルくん……いつも私の気持ちを受け止めさせて。

そのとき、助手席に放り投げていた電話が鳴った。

私は、誰が見ているわけでもないのに反射的に身づくろいし、素早く電話をとった。真由ちゃんからだった。

「私のベルトから二人に魔力を分けるのはうまくいきました。私があげた分だけじゃ全然足りませんけど、少しは元気になったと思います」

それを聞いてホッとし、さっきまでのイライラが少し落ち着いた。

「無理しちゃダメよ。真由ちゃんの体に負担がかからないよう自分の分の魔力もキープしておいてね」

「大丈夫です。私達はこのまま病院に泊まります。仁藤さんが譲くんのそばにいてあげたいって言ってますし、皆でまとまっているほうが安全だと思うので」

「そうね。じゃ、何かあったらすぐに連絡ちょうだい」

私はそう言って電話を切り、ダッシュボードのデジタル時計を見た。

時計は十一時三十五分を示している。あと三十分ほどで日付が変わる。思えば長い一日だった。

深夜の駐車場に人影はなく、シーンと静まり返っている。フロントガラス越しに夜空を見上げると星は見えず、分厚い雲がゆっくり空を覆い始めていた。

まるで私の気分そのものだ。

私はエンジンをかけ、憂鬱《ゆううつ》な気分を振り払うように乱暴に車を発進させた。


通りに出ると、フロントガラスにポッポッと小さな水滴がつき始めた。

(雨か……)

ただでさえ憂鬱な気分なのに、これ以上気を滅入《めい》らせないで欲しい。私は本格的に雨が降り始める前に家に着こうとアクセルを強く踏み込んだ。

が、車の加速に合わせるかのごとく雨はあっという間に勢いを増し、フロントガラスに滝のような水が流れ始めた。

(今夜が雨だなんて天気予報で言ってたっけ……!?)

言ってたとしても、チェックする余裕なんか今日の私にはなかった。私はため息をつきながらワイパーのスイッチを入れた。

フロントガラスを覆う雨は、ワイパーでいくらかきわけても止めどなく流れ落ちてくる。私は、視界を遮る激しい雨が、自分の行く手に立ち塞がる大きな壁に見え、無力さを嘲笑《あざわら》われているような気になりさらに落ち込んだ。

真由ちゃんや譲くん、そして山本さんは、魔法使いだから晴人くんと一緒に戦う事ができるし、ファントムも倒せる。仁藤くんだって、晴人くんと張り合って自分勝手な事ばかりしてるけど、いざというときはやっぱり頼りになる。コヨミちゃんだって、私達の前から消えてしまった今でも、晴人くんの心の中でしっかり彼を支えている……。

私は今でも生きて晴人くんのそばにいられるというのに、肝心なときにまったく何もできない。そばにいて見守る事ならできると自分を納得させてたけど、もしかすると、それすらも晴人くんにとってはなんの足《た》しにもなっていなかったのかも知れない……。

激しい自己嫌悪に陥っていく私を煽《あお》るかのように、雨はどんどん激しさを増していった。

そのとき、ヘッドライトの光の中に何かが飛び込んできた。

「！」

私は慌ててブレーキを踏んだ。

ヘッドライトの光の中にうずくまっている人の姿が見える。タイヤはスリップしたが、間一髪ぶつからずに済んだようだ。

私は車のドアを開け、雨の中に飛び出した。

「大丈夫ですか⁉」

「ああ、大丈夫」

そう言いながらあげた顔に私は驚いた。晴人くんだった。

「驚かせてゴメン。凛子ちゃんの車だと思ったら思わず……」

「……どうしてこんなところに？」

「探してたんだ、凛子ちゃんを……」

晴人くんはそう言いながら立ち上がり、いつになく真剣なまなざしで私を見た。

「……二人だけで話せないか？」


私は、晴人くんを乗せてしばらく車を走らせたあと、木が生い茂る大きな公園の脇に車を停めてエンジンを切った。

初めはファミレスでも探そうかと思ったが、二人だけで話したいという晴人くんの言葉に「邪魔が入って欲しくない」という雰囲気があったし、いっそ私の家で……とも一瞬考えたけど、ただでさえ男の人を入れた事のない部屋に晴人くんを入れたりしたら、私が落ち着いて話が聞けなくなると思い、このまま車で話を聞くのがベストだと判断したのだ。

車に乗ってから晴人くんは黙ったままだった。雨の中をさまよい歩いてかなり疲れているのだろう。話し出す気になるまで待っていようと思いながら、私は助手席に座る晴人くんを横目でチラッと見た。

全身ずぶ濡れの晴人くんは、私が渡したタオルでゴシゴシと頭を拭いている。面影堂から飛び出してきたのだろうか、デニムのパンツに上はTシャツ一枚という軽装で、雨に濡れたTシャツが引き締まった彼の体に張りついている。

「サンキュ」

晴人くんが頭を拭いたタオルを私に返した。

タオルを受け取りながら晴人くんを改めて見た私の中に、ふと疑惑が浮かび上がった。

(今ここにいる晴人くんは、私が知っている晴人くんなのだろうか……?)

もし、真由ちゃん達を襲った晴人くんがファントムの化けた別人だとすると、ここにいる晴人くんはその別人の可能性がある。私を探して雨の中をさまよっていたという彼を疑いたくはない。けれど〝刑事として冷静に〟考えれば、面影堂で瞬平くんに見張られているはずの晴人くんがここにいるのは明らかにおかしい……。

私は、晴人くんに不審な点がないかこっそり様子を窺《うかが》った。

が、目の前にいる晴人くんはどこから見てもやっぱり晴人くんだ。

(そうだ……)

私は、真由ちゃんを襲った晴人くんの指に〝希望《ホープ》〟の指輪があった事を思い出した。

本来なら晴人くんの心の奥底にしまわれ、誰にも取り出す事のできないはずのそれを、真由ちゃんを襲った晴人くんがどうして持っていたのかはわからない。けれど、その指輪をしていれば十分な特徴になる。

が、膝に置かれた晴人くんの指に〝希望《ホープ》〟の指輪はない。それどころか、いつでも魔法のベルトを召喚《しょうかん》できるようにつけている〝召喚《ドライバーオン》〟の指輪さえなかった。

「指輪……どうしたの？」

私は恐る恐る尋ねた。

晴人くんはしばらく黙っていたが、やがて寂しそうに笑って言った。

「そっか……あんな事があったあとだから、凛子ちゃんにも警戒されてるんだ」

「ま、まさか！」

私が激しく首を振って否定すると、彼はポツリとつぶやいた。

「……どうすればわかってもらえるのかな、俺が俺だって事が」

濡れた髪でうつむく彼の横顔は、まるで雨の中に捨てられた子犬のように心細そうに見えた。

晴人くんはめったな事で弱音を吐かない。いや、弱いところを人に見せるのを極端に嫌っていると言ってもいい。そんな晴人くんがこういう表情を見せるのは相当まいっている証拠だ。私は、孤立する晴人くんの不安を痛いほど感じ、胸が締めつけられた。一瞬でも晴人くんを疑った事を心の中で深く詫びた。

晴人くんは改めて顔をあげると、憂いを帯びた目で私を見つめて言った。

「俺、頼れる人が他に誰もいないんだ。凛子ちゃんしか……」

その言葉に私の体は熱くなった。

嬉しさと切なさが入りまじったなんとも言えない気持ちが体中を駆け巡り、私はどうにかなってしまいそうだった。彼に必要とされている事をたしかに感じた喜びで、さっきまでの憂鬱も一瞬にして吹っ飛んでしまった。

我ながら単純な女だと笑ってしまいそうだが、それだけ彼の言葉は私にとって力のあるものなのだ。

最後の希望……私の中にその言葉が大きく浮かび上がった。

そんな私の顔を晴人くんがじっと見つめている。

私は心が見透かされているような気になり、恥ずかしくなって思わずうつむいた。

と、私の体が突然バランスを失い、後ろに倒れ込んだ。

シートが倒れたと気づいた瞬間、いつのまにか晴人くんの体が私の上に覆いかぶさっていた。

（えっ？　……ちょ、ちょっと……）

突然の事に動揺し、思わず声が漏れそうになったが、晴人くんにきつく抱きしめられ、私はそのまま言葉を失った。

……私に重なった晴人くんのTシャツは濡れて冷たかった。けれど、その奥にある彼の体のぬくもりがじんわりと私の体に伝わってきた。合わさった胸の向こうでかすかに響く彼の鼓動と、私の頬に顔を預けた彼の唇から漏れる吐息を感じ、私の胸は激しく昂《たかぶ》った。

晴人くんの手が私の内股に滑り込んできた。

私はドキッとして反射的にその手を摑んだ。

「凜子ちゃんだって……こうなりたいと思ってたんだろ?」

晴人くんはそう言うと、今度はブラウスに手をかけた。

「ま、待って」

私の言葉を無視し、晴人くんはブラウスのボタンを乱暴に引きちぎった。

私はブラウスを開こうとする晴人くんの腕を押し返した。が、男の人の力にはかなわない。彼はブラウスを開き、露《あらわ》になった私の胸元に唇を強く押しつけた。

「やめて……どうしたのッ?」

晴人くんとなら……って気持ちはないとは言えない。けど、こんなのは……。私は必死でもがいた。

そのとき、突然車のドアが開き、私に覆いかぶさっていた晴人くんの体が外へと放り出された。

一瞬何が起こったかわからなかったが、ドアを開けた人物に「大丈夫か!」と声をかけられ、どうやら自分が助かったのだと理解した。

が、声をかけた人物の顔を見て、私はさらに驚いた。一瞬頭が混乱し、思わず二人の人物を交互に見た。
雨の中に放り出され、水たまりに倒れている晴人くん。
私を助け、心配そうに覗《のぞ》き込んでいる晴人くん。
私の目に……二人の晴人くんが映っていた。

5章

「晴人……くん……？」

俺を見る凛子ちゃんの目が混乱している。

「心配しないで。俺は本物の晴人だ」

わざわざ本物と名乗るのも妙な気分だが、この状況ではこう言うより仕方ない。

俺は、額から目に流れ落ちる水滴を払いながら、車の外に放り出した男を見た。

鏡を見ているのか、それとも幻なのか……いや、これは鏡でも幻でもない。目の前の水たまりの中に転がっている男は、どう見ても〝俺〟だ。

「どうしてここに……？」

背後から凛子ちゃんの声が聞こえた。

「買い出しに出た瞬平から電話があったんだ」

俺は振り返り、駆けつけた経緯を手短に話した。

「あいつ、俺が面影堂にいるかしつこく確認するんで、なんだよって聞いたら、目の前に〝俺〟がいるって言い出して。で、後をつけるって電話を切ったんだけど、凛子ちゃんの車に乗り込んだところで見失ったって、また連絡が入って。だから慌てて飛び出して来たのさ」

話を聞く凛子ちゃんはうなずきながらも不安そうな顔をしている。

俺は、はだけた胸元を押さえる凛子ちゃんの手が固く握りしめられたまま小さく震えているのを見て、もう一人の〝俺〟が何をしようとしたかを察し、怒りが込み上げてきた。

「瞬平に見られるとは……こんなときにあいつのミラクルはいらねえんだけどな」

もう一人の〝俺〟が、まるで瞬平を知っているかのような馴《な》れ馴《な》れしい口調で言った。

「とにかく車の中に」

俺は凛子ちゃんにそう言うと、もう一人の〝俺〟を改めて睨《にら》みつけた。

先ほどまでの激しさが嘘だったかのように、雨はすっかりやんでいる。雲間から少し顔を出した月の光が、ゆっくり立ち上がる〝俺〟を妖しく照らし出した。

「……なんだ、むかついてんのか？」

もう一人の〝俺〟が俺の目を見た。

「けど、むかついてんのはこっちのほうだ。ったく、いいとこで邪魔しやがって」

顔についた水滴を乱暴にぬぐいながら、奴は吐き捨てた。

俺と同じ顔をしているが性格は少々荒っぽいらしい。言い返す俺も奴につられて、いや、奴が凛子ちゃんにした事への怒りで、いつになく語気が荒くなった。

「俺のフリして悪さしようなんざ、相当たちが悪ィな」

「俺の〝フリ〟……か」

俺の言葉に奴が顔をしかめた。

「長い付き合いなのにそんなふうに言われるとは心外だな」

なんだ、この馴れ馴れしさは？　しかも妙な事を言う。これまで色んな敵と戦ってきたが、こういう相手は初めてだ。俺は警戒し、奴のペースに呑まれないよう軽口を飛ばした。

「付き合いが長いわりには初めて見る顔だ。いや、その顔はよく知ってるが、本物はもうちょっとイイ男――」

「気取るなよ」

奴が俺の言葉を遮《さえぎ》った。

「お前が軽口を叩くのは、だいたい気を張ってるときだ。そういうのはかえって敵につけ込まれるから気をつけろよ」

奴の言葉にギョッとなった。

まさか心を読まれているのか、それとも、俺の姿だけでなく性格まで調べあげているとでも言うのか……何にせよ、嫌な敵である事は間違いない。俺は眉をひそめた。

「おいおい、嫌な敵だって顔に出てるぜ。まったく、少しつつくとすぐこれだ」

もう一人の〝俺〟の口ぶりは、本当に俺を昔から知っているかのようだ。

よけいなやりとりは奴のペースにはまるだけだ。俺は単刀直入に斬り込んだ。

「お前は何者だ？」

もう一人の〝俺〟は鼻で笑うと、もったいぶるように濡れた髪をゆっくりとかきあげた。

「見てのとおりさ」

あくまで自分が操真晴人だと言い張る気らしい。改めて顔を誇示するその仕草は明らかに挑発……いや、挑戦だ。

奴は、俺の苛立《いらだ》ちを読み取ったかのように続けた。

「お前は、俺を操真晴人に化けた〝別の誰か〟と思っているようだが、それははずれだ」

奴はそう言うと、車のドアを開けたまま運転席で話を聞いている凛子ちゃんを見た。

「こいつと俺は一心同体なんだ。こいつが皆に見える表側の晴人なら、俺は皆には見えない裏側の晴人。人間誰だって表と裏がある……俺はその片側。簡単に言えば、操真晴人の〝影〟みたいなもんさ」

「……影？」

突拍子のない話に凛子ちゃんの頭が混乱しているのがわかった。

俺だってそんな話をにわかには信じられない。が、奴の正体を暴くには、今は話を合わせ、奴からもっと情報を引き出すしかない。

「なるほど。そういう事ならおとなしく俺の中に戻ってもらわないとな。俺の影サンよ」

「それは今までの話だ……」

奴の目がギラッと光った。

「これからは……俺が操真晴人だ」

俺を見る奴の目に明らかな敵意が宿っている。

「操真晴人なら俺一人で間に合ってる」

俺が返すと、奴は挑戦的に言った。

「じゃ、こういうのはどうだ？　戦って勝ったほうがこれから操真晴人をやる、っていうのは……？」

どこまでふざけた野郎だ。この調子じゃ、いくら話しても奴の口からは妄想のなりきり話しか出てきやしないだろう。真実をたしかめるのは、少し懲らしめてからにしたほうがよさそうだ。俺は指輪をしている手を握りしめ、宣戦布告よろしく拳を前に突き出した。

「いいだろ。早いとこ偽モンの皮をひっぺがして帰んないと、こっちも風邪ひいちまいそうだからな」

もう一人の〝俺〟は、苦々しく俺を睨みつけた。

「この俺が自分だって事をまだ認めたくないか。まあいい……なら見せてやるよ」

奴はそう言ってポケットに手を突っ込むと何かを取り出した。

「それは……⁉」

奴の手の中で光っているのは、まぎれもなく〝希望《ホープ》〟の指輪だった。その指輪は俺の心の奥深く、誰にも奪われない場所で静かに眠っているはずなのに……！

「どうしてお前がそれを……⁉」

俺の質問を遮るように〝希望《ホープ》〟の指輪が眩《まぶ》しく光った。俺は眩しさに一瞬目を覆った。

光が消え……俺は、信じられない光景に呆然《ぼうぜん》となった。

そこには、魔法使いとなった俺——ウィザードの姿があった。

が、よく見ると、奴の姿は俺が変身したそれとは細部が微妙に違っていた。

黒を基調とする全身の雰囲気は変わらないが、体の各所や頭部を覆う銀の装飾は、黒い全身に溶け込んでしまいそうな鈍《にぶ》い鉄《くろがね》色をしている。仮面や胸部、腹部の正面を彩る赤い魔宝石は、鈍い光を放つ黒い魔宝石になっており、まさにすべてが黒……漆黒《しっこく》の魔法使いとでもいうべき様相を呈していた。

奴は慣れた手つきで指輪を顔の脇に掲げ、構えをとった。

「さあ……ショータイムだ」

俺の決め台詞で宣戦布告した漆黒の魔法使い——黒いウィザードが、剣を構えて一直線に突っ込んできた。

俺は我に返り、素早くベルトを召喚して変身ポーズをとった。

「……変身！」

俺の体を赤い魔法陣が包み込んだ。

魔法陣が放つ炎が奴に対する壁になった。が、迷わず突っ込んでくる奴の剣が炎の壁を斬り裂いた。間一髪、変身を終えた俺は、突き出した剣で奴の剣を受け止めた。

「そうでなくっちゃ。俺が〝俺〟を倒す甲斐《かい》がないぜ！」

漆黒の魔法使いが乱暴に俺の剣を払った。

俺は払われた勢いを利用して素早く体を反転させ、奴の脇腹に斬り込んだ。が、奴はそれを読んでいたかのごとき早業《はやわざ》で、俺の剣を難なく受け止めた。

俺達は同時に剣を払うとトリッキーに体をひねり、翻《ひるがえ》る腰のマントの下から互いにキックを繰り出した。互いのキックを互いの腕で受け止め、互いの剣を同時に突き出す。奴の動きは驚くほど俺と同じだ。

俺は奴を大きく突き放して間合いをとり、剣を振り下ろして魔力を放った。

紅蓮《ぐれん》の炎が牙を剝《む》く火竜《かりゅう》となって奴に襲いかかった。が、奴もやはり同じく剣を振り下ろし、紅蓮の炎を放った。二匹の火竜は真っ向から激しくぶつかり合い、互いの火力に弾き飛ばされ四散した。

「これでわかったか。俺がお前だって事が」

漆黒の魔法使いが不敵に笑うかのごとく、黒い魔宝石の仮面が月明かりに妖しく光った。

どうやら奴は俺と同じ魔法まで使いこなすらしい。同じ姿で同じ技をくりだしてくる奴の力は完全に俺と互角だ。

次の攻撃を警戒しジリジリと間合いをとる俺に奴が言った。

「もう降参か？　なら凛子ちゃんは俺のもんだぜ」

その言葉が俺の心に火をつけた。

(凛子ちゃんを辱《はずかし》めようとしたこの男を絶対に許しはしない！)

俺は沸き上がった怒りに身を任せ、猛然と奴に突っ込んだ。

それを躱《かわ》しながら斬り込んできた奴と俺とが鍔迫《つばぜ》り合いになった。

「凛子ちゃんに手を出した事がそんなに気にいらないか」

「お前が彼女にした事は最低だ！」

「何言ってやがる。俺はお前のかわりをしてやっただけだ」

「何……？」

重なる剣の向こうから奴の顔がグッと近づいた。

「とぼけるなよ。お前が心の底でずっと思ってた事だろ？ ……凛子ちゃんとひとつになりたいって」

奴の言葉が鋭い棘《とげ》となって俺の胸をついた。

それはほんの小さな痛みだったが、その衝撃はまわりの早い毒のように一瞬のうちに体中を駆け巡り、剣を握る手が思わず緩んだ。

奴はその隙を逃さず、俺の剣を払って大きく斬りつけた。

「うがあッ！」

熱い痛みが肩口から腰に走った。ダメージをまともに食らった俺は変身が解け、地面に膝をついた。痛みをこらえすぐに起き上がろうとしたが、それより早く奴の剣先が俺の喉元を捉えた。

剣を突きつけたまま、奴が変身を解いた。

「言っただろ。俺は操真晴人だって」

もう一人の〝俺〟は、俺を冷ややかに見下ろした。

「俺はお前の事ならなんでも知ってる。そして俺の行動は、すべてお前が心の奥にしまってた事だ。つまり俺は……お前の〝本能〟ってわけさ」

こいつが本当にもう一人の俺なら……。これほど恐ろしい事はない。しかも、こいつが凛子ちゃんを襲った要因が俺に……？　もちろん奴の話を否定する事はできる。すべては奴の作り話だと。だが、奴の言葉に明らかに動揺した今の俺には、奴を完全に否定する事はできなかった。

俺は無意識に凛子ちゃんを見た。

彼女は俺達の戦いを見守り、話をすべて聞いていたのだろう。その顔には複雑な色が浮かび上がっている。

俺はなんとも言えない気分になり、体中から嫌な汗が吹き出した。

奴はそんな俺の様子を楽しむように言った。

「よかったな。凛子ちゃんにお前の気持ちが伝わって」

「ウオ――――ッ!」

俺は奴の言葉をかき消すように声をあげた。目の前に突き出された剣を素手で払いのけ、やり場のない気持ちをぶつけるように奴に掴《つか》みかかった。

奴は予想どおりとばかりに俺を躱すと、振り向きざまに衝撃波を繰り出した。高く舞い上がった俺の体は大きくバランスを崩し、遥《はる》か後方にある壁に激しく叩きつけられた。

「俺はずーっとお前に抑え込まれてきたんだ。こうしてやっと自由になれたんだから、これからは好きにやらせてもらうぜ」

もう一人の〝俺〟はそう言うと、凛子ちゃんのほうに向かって歩き出した。

「……待てッ」

俺は起き上がろうとしたが、二度のダメージで体が言う事を聞かない。力の入らぬ足が不様によろけ、水たまりに倒れ込んだ。

近づく奴を拒むように凛子ちゃんが車のドアを閉めた。が、奴が手をかざし魔力を放つと、ドアは呆気《あっけ》なく開いた。

口をきつく結んで睨みつける凛子ちゃんに奴が笑いかけた。

「今の話聞いてたろ。俺は君がよく知ってる操真晴人さ」

凛子ちゃんは少し震えながら、けれど毅然《きぜん》とした口調で言い返した。

「違う。あなたが晴人くんなら――」

奴は彼女の言葉を遮って運転席から引っ張り出し、自分のほうへ抱き寄せた。

「こんな事はしない……か？」

そう言って顔を寄せる奴から逃げようと凛子ちゃんが身をよじった。

「よせッ！」

俺は力の限りに叫んだ。

奴は立ち上がれぬ俺をチラッと見ると楽しげに笑って言った。

「これからが本当のショータイムだ」

もう一人の〝俺〟が乱暴に凛子ちゃんの顎を持ち上げた。

そのとき、顎を持ち上げた奴の指にある〝希望《ホープ》〟の指輪が光った。

指輪の光は不安定に揺らいでいる。

「……なんてこった」

奴は舌打ちしながら、俺のほうを苦々しく見た。

「お前が出てこなきゃこんな事には……」

その隙をついて、凛子ちゃんが奴の腕を振り払って逃げようとした。

が、奴は逃げる彼女を素早く捕まえると、何かを言おうとするその唇を塞ぐように自分の唇を重ね合わせた。

俺は呆然《ぼうぜん》とそれを見つめていた……。

どのくらいの時間が経ったかわからない。おそらく本当は数秒にも満たなかっただろう。だが、俺にはその時間がとてつもなく長い時間に思えた。

やがて、もう一人の〝俺〟が静かに唇を離した。

凛子ちゃんの体は糸の切れた人形のように奴の体から滑り落ち、彼女は放心したように地面に座り込んだ。

「怖がらせて悪かったな。けど、俺の気持ちに嘘はない……その事だけは忘れないで欲しい」

もう一人の〝俺〟は凛子ちゃんにそう言うと、夜の闇に溶けるように姿を消した。

俺は動く事ができなかった。

それは体に受けたダメージのせいではない。奴が俺の心に与えたダメージはそれよりも遥かに大きく、俺は立ち上がる気力を完全に失っていた。

俺は濡れた道路に膝をつき、深く頭を垂れた。

そんな俺を明るくなった月の光が容赦なく照らし出し、耳には虫が鳴く声だけが小さく聞こえていた……。

6

章

「もう一人の晴人ねぇ……」

私の話を聞き終えた仁藤くんが、面倒な事になったという顔で小さくため息をついた。

雨があがったばかりの深夜の公園には私達しかいない。


もう一人の晴人くんが消えたあと、現れたのは仁藤くんだった。瞬平くんが気を利《き》かせて、彼にも連絡を入れてくれたらしい。

駆けつけた仁藤くんは、水たまりに膝をつく晴人くんを見ると、「瞬平が見つけた偽者《にせもの》はこいつか？」と私に尋ねた。

頭の中が真っ白になっていた私は、首を横に振るのが精一杯だった。

晴人くんはずっとうつむいたままで、仁藤くんが何度も呼びかけると、ようやく顔をあげた。そして、ゆっくり立ち上がってポツリと言った。

「凛子ちゃんを頼む……」

彼はそのまま私達に背を向けて歩き出した。

その背中には、今は誰にも触れて欲しくないという雰囲気が漂っていた。仁藤くんはそれを感じ取ったのか、立ち去ってゆく彼の後ろ姿を黙って見送った。私も黙って彼を見送るしかなかった。

晴人くんが去ったあと、「何があったんだ？」と、仁藤くんが私に尋ねた。

私はすぐには答えられなかった。私にとっても突然の事があまりに多すぎた。話したくない事もある。けど、話さなきゃいけない事もある。この場から早く離れたい気持ちもあった。

私は、場所を変えて落ち着いて話させて欲しいと仁藤くんに頼んだ。私達は車を離れて公園に入り、屋根の下で雨に濡れるのをまぬがれたこのベンチを見つけて腰かけたのだった。


「それにしても一体どうしちまったんだ、晴人の奴？　落ち込むほどボコボコにやられたわけじゃねえんだろ？」

仁藤くんが再び口を開いた。

私は、もう一人の晴人くんがたしかに存在していた事、彼が晴人くんの中にある影だと名乗った事、そして、魔法使いに変身でき、晴人くんと互角の力を持っている事は説明したが、晴人くんともう一人の晴人くんのやりとりまでは話していなかった。いや、話せなかった。

「さあ……」

私は答えを濁した。

晴人くんの様子がおかしかったのは、おそらくもう一人の晴人くんが言った事のせいだろう。

「俺の行動は、すべてお前が心の奥にしまってた事だ。つまり俺は……お前の〝本能〟ってわけさ」

が、それを話したら、もう一人の晴人くんが言った事を私も認める事になる。そしてそれは晴人くんを傷つける事にもなる。……そんな事は絶対にしたくない。私は心の中に浮かび上がったもう一人の晴人くんの言葉を必死で打ち消そうとした。

仁藤くんが続けて尋ねた。

「だいたい、もう一人の晴人はなんで凛子ちゃんを狙ったんだ……？」

私の胸がドクンと大きく鳴った。その音が仁藤くんに聞かれやしないかと、思わず胸を強く押さえた。

仁藤くんに決して悪気はないと思う。けれどその質問は、今の私にはあまりにも厳《きび》しすぎる。それに答えるには、思い出すだけで赤面してしまいそうなあの状況を話さねばならないし、晴人くんの信用を大きく失う事にもなりかねない。

「どうした？　真っ赤な顔して」

「エッ……？」

仁藤くんが私の顔を覗《のぞ》き込んでいる。

胸の音は抑えたつもりでも、顔に出るのは抑える事ができなかったらしい。私は自分の馬鹿正直さを死ぬほど呪った。

「わかったぞ！」

私の顔を見ていた仁藤くんが突然声をあげた。

「や、ちょっと待ってッ。そ、それはね……」

「おーっと、皆まで言うな」

しどろもどろになる私を仁藤くんが遮《さえぎ》った。

「もう一人の晴人は、晴人に関係するすべての人間を狙っている……ズバリそうだろ！」

「……え？」

「魔法使いが連続して狙われたんで、俺ともあろう者が勘違いしちまったぜ。が、晴人の周囲の人間が狙われてるとすればすべての辻褄《つじつま》は合う」

仁藤くんの先走りをこれほどありがたいと思った事はなかった。

私は「そうかも知れないわね」と適当に相槌《あいづち》を打ち、顔の火照《ほて》りをごまかすように夜空を見た。

雨上がりの空に丸い月がぽっかり浮かんでいる。

さっきまでの鬱陶《うっとう》しい雨を思えば、澄み渡る夜空は心地よく思えてよいはずだが、今は無防備な私を曝《さら》け出すように明るく輝く月が恨めしかった。

「って事は、これから油断できねえって事だな」

仁藤くんが手のひらに拳をパチンと打ちつけた。

「譲達だけじゃない。凛子ちゃんや瞬平、それから輪島のおっちゃんまで守るとなると、こりゃ忙しくなりそうだな」

ヤル気満々の仁藤くんには申し訳ないけど、今はそう思ってもらっておいたほうが都合がいい。私は黙って彼の話を聞いていた。

「とりあえず送るわ」

仁藤くんが気合の入った目のまま私を見た。

「ううん、いいよ。私は大丈夫だから」

慌てて私は断った。

もう一人の晴人くんもあの様子では今晩はもう現れそうにないし、仁藤くんにはすべてを打ち明けていない後ろめたさもあった。

「遠慮すんなって。今晩は俺が守ってやっから。あ、部屋にはあがりこまねえから心配すんな。俺は外でテント張っから」

それはまずい。

仁藤くんは、考古学者の卵として各地を旅して回っているせいか、野宿が得意である。町中でも構わずテントを張って、どこでも自分の家にしてしまう。それはある種の才能だと思うが、私のアパートの前にテントなんか張られたら、大家さんになんて言われるかわからない。

「仁藤くんは病院に戻って譲くん達を守って。面影堂のほうは、あとで晴人くんに連絡しておくし、私も今夜はそっちに行くから」

「そっか。なら心配ねっか」

仁藤くんは私の言う事を素直に信じ、公園を後にした。

私は嘘をついて申し訳ないと思いながら彼を見送った。

晴人くんに連絡をとるつもりも、面影堂に向かうつもりもない。それより何より、今は一刻も早く一人になりたかった。

私は車に戻り、ふぅと息をついた。

ふと見ると、足元に濡れたタオルが落ちていた。もう一人の晴人くんに、髪を拭くために私が貸してあげたものだ。

私の脳裏に、こちらを向いてタオルを差し出す彼の顔がふいに浮かび上がった。

胸の奥が急に騒ぎ出し、体が熱くなった。

私は、拾ったタオルをクシャッと丸め、後ろの席に放り投げた。


家に戻っても体の火照りは収まらなかった。

私は着ているものを乱暴に脱ぎ捨て、シャワーを浴びた。

冷たい水が一気に肌を突き刺した。その冷たさに身を任せているうちに、ようやく火照りが収まってきた。

少し気分が落ち着いてきた私は、自分に降りかかった災いを払うように、全身を丁寧に洗い流した。

腕を前に出すと、手首が少し赤くなっているのが見えた。

昼間にはなかった痣《あざ》だ。おそらくもう一人の晴人くんに摑《つか》まれたときにできたのだろう。手首を見つめているうちに、そのときの気持ちが甦《よみがえ》ってきた。

私は本物の晴人くんが来るまで、彼の事を晴人くんだと思い込んでいた。彼に押さえ込まれたときも、驚きはしたが、正直なところ嫌な気持ちはしなかった。もしかすると、彼の言うとおり、私自身そういう晴人くんをどこかで望んでいたのかも知れない……そんな気がした。

もう一人の晴人くんは、晴人くんの影だと名乗った。そして、自分の事を晴人くんの本能だとも。それがもし本当なら……。

私は唇にそっと指を伸ばした。

もう一人の晴人くんの唇が私の唇に重なったとき、私は不覚にも胸が高鳴り、頭が真っ白になってしまった。目の前に、もう一人の、本物の晴人くんがいるというのに……。

それだけじゃない。私は、唇を離し、私を見つめる彼の言葉にすっかり魂を奪われてしまった。

「俺の気持ちに嘘はない……その事だけは忘れないで欲しい」

そのときの彼は、私が知っているいつもの、いや、それ以上に優しく、真剣な晴人くんだった。あんな晴人くんの表情は今まで見た事がない。

もう一人の晴人くん――あれが晴人くんの本当の姿だと言うなら……。

そこまで思い返し、私は急に恥ずかしくなった。

私はなんてふしだらな女だろう。もう一人の自分に困惑する晴人くんを助けたいと思いながら、もう一人の晴人くんの心が本物の晴人くんの心であればいいと願っている。

私はふしだらな想いに揺れる自分に活を入れるように、シャワーの蛇口を思い切りひねった。

勢いを増した冷たい水が、再び火照り出した私の体に激しく降り注いだ……。


「へーックチュン！」

盛大なくしゃみを披露した私を見て、0課の仲間がくすりと笑った。

「どうした？　昨日の雨で風邪でもひいたか？」

木崎さんがさめた口調で尋ねた。

「ですかねぇ……ハハハハ」

私は笑ってごまかしながらハンカチを取り出し、ぐずる鼻を押さえた。

昨日の冷たいシャワーがいけなかったのだろう。長時間浴びたせいで、私の体はすっかり冷えてしまったらしい。そのあとあまり眠れなかった事もあり、今朝の私はすこぶる調子が悪かった。

今日は笛木の地下室を再捜査する日だが、私がやるはずの陣頭指揮は、視察に訪れた木崎さんがかわってくれる事になった。

木崎さんは膨大な品物で埋め尽くされた地下室を見るなり、「この量ではお前には任せきれん」と私を隅に追いやった。が、この人の事だ。本当は調子が悪そうな私を見て気遣ってくれたのではないかと思う。

私は心の中で、その心遣いにこっそりお礼を言った。

かくして、めでたく一雑用係となった私だったが、それはそれで骨の折れる仕事だった。

作業用に備えつけられた大きなライトの光の中に浮かび上がった溢《あふ》れんばかりの品物の山。これをすべて運び出し、0課に移送するのだ。それなりに人数がいるとはいえ、一日で終わる作業とは到底思えない。

が、そのほうがかえってありがたかった。少なくとも、忙しく体を動かしているあいだは、二人の晴人くんについて頭を悩ませる事はないし、気もまぎれる。私は、率先して作業に参加した。

と、奥のほうから何やら揉《も》めている声が聞こえてきた。

「おい待て！　もうちょっとゆっくり見せてくれよ。アーッ、だからまだ持っていくなって。おーっと、皆まで言うな。俺の見立てじゃ、この銅器は十八世紀の——」

……仁藤くんだった。

彼には私の行動予定をメールしてあった。それで心配して様子を見に来てくれたらしい。が、この場所がいけなかった。何せここには世界中から集められた大昔の祭器がわんさかある。考古学者の卵である仁藤くんにとっては、まさに宝の山。彼は私の事などそっちのけで、目の前のお宝に熱中する始末だった。

「邪魔をするな」

見かねた木崎さんが、捜査員と揉み合う仁藤くんに近づいた。

０課に協力してくれている真由ちゃん達と違い、独自に行動する仁藤くんが木崎さんと顔を合わせる事はめったにない。もちろんお互いに存在は知っているが、仁藤くんは木崎さんの事を特になんとも思っていないし、木崎さんも話を聞くにつけやっかいな奴だと思っているのか、仁藤くんには基本的に関与しない姿勢をとっている。

仁藤くんが手から品物を取り上げた木崎さんに言い返した。

「邪魔してんのはどっちだよ」

「ここは我々0課が捜査中だ」

「今はこの俺が調査中だ」

「お前の調査など許した覚えは——」

「おーっと、皆まで言うな」

仁藤くんが恐れ多くも木崎さんの言葉を遮った。

木崎さんはペラペラと考古学のうんちくをしゃべり出した仁藤くんから顔をそむけ、三白眼で私をギロッと見た。

「大門凛子」

「はいッ！」

木崎さんの意図を即座に理解した私は、構わずしゃべり続ける仁藤くんを引きずるようにして表に連れ出した。


仁藤くんを表に連れ出した私は、森を抜け、道路まで出た。

笛木の地下室がある廃墟《はいきょ》を取り囲んでいる森は鬱蒼《うっそう》と茂り、昼間でも薄暗かったが、森自体はそれほど大きくなく、少し行けば明るい日差しが射し込む道路に出られた。

「さ、もう帰って」

私は街のほうをさし、仁藤くんに言った。

「けど、凛子ちゃんの事も気になるし」

「何言ってんの。気になるのは笛木のお宝でしょ」

「ゲッ！　なんでわかったッ⁉」

「わかるわよ！」

私はイラッとしながら仁藤くんをさらに追い立てた。

「せっかく0課に入れたのに、木崎さんの気を悪くしたら私の首が飛んじゃうでしょッ。協力する気がないならおとなしく帰ってちょうだい」

厳しく睨《にら》みつける私の目がきいたのか、仁藤くんは諦めたように言った。

「ま、しょうがねえか。みやげも手に入れたし、引き上げるとすっか」

「みやげ……？」

私が首をかしげると、仁藤くんがしまったという顔で口を塞《ふさ》いだ。

よく見ると、仁藤くんが着ているノースリーブのダウンジャケットが、不自然に膨らんでいる。私は、逃げようとする仁藤くんを捕まえ、上まで閉じていたジャケットのチャックを一気に開いた。中には、笛木の地下室にあった品々がいくつも入っていた。

これでは泥棒だ。私は呆《あき》れて物が言えなかった。

「おーっと、皆まで言うな。大丈夫だ。研究を終えたらちゃんと返す」

「そういう問題じゃないでしょ！」

「まあまあ。いっぱいあんだからケチケチすんなよ」

仁藤くんはそう言うと、ちょろまかした品を愛おしそうに撫《な》で始めた。

「待って。それ……」

仁藤くんが手にしている物の中に見覚えがある物があった。

それは、私と晴人くんを救った古い鏡だった。黄金のレリーフにはめられた鏡が、太陽の光を反射してキラリと光った。

「これがどうした？」

仁藤くんが尋ねた。

「私と晴人くんを救ってくれた物よ」

私は、地下室でホムンクルスという化け物に襲われたとき、この鏡のおかげで助かった話をした。

「おもしれえじゃねえか。そういう話に尾ひれがついて、伝説っていうのが生まれるんだ。こいつももしかすると、そういう伝説の一品なんだろうな、きっと」

仁藤くんは、そう言いながら興味津々《きょうみしんしん》に鏡を見返し、裏側に書かれた古代文字にふと目を止めた。

「……二匹の竜、天に昇りしとき……闇は裂かれ……希望の光、再び輝かん」

「読めるの？」

「これでも考古学者の卵だぜ」

仁藤くんがつぶやいたのは、古代文字の内容らしかった。

（二匹の竜……）

二人の晴人くんの姿がふと思い浮かんだ。

晴人くんの体の中には、ドラゴンと呼ばれるファントム——竜がいる。ファントムは魔力の塊である。その竜こそが、魔法使いとしての彼の力の源と言ってもいい。

二匹の竜という言葉は、まるで二人の事を言っているように私には思えた。

「二匹の竜、天に昇りしとき！　闇は裂かれ！　希望の光再び輝かんッ！」

仁藤くんは鏡を空に突き上げ、大仰《おおぎょう》なポーズをとって叫んだ。

「な、何ッ？」

「魔法陣が刻んであるからには、こいつも魔道具の一種のはずだからな。この呪文で魔法が発動するんじゃねえかと思って」

「ちょっとッ、とんでもない事が起きちゃったらどうすんのよ⁉」

「〝希望の光〟って書いてあんだぜ。いい事が起こるに決まってんだろうが」

仁藤くんのポジティブシンキングは私も大いに見習いたいところだが、調子はずれな方向に向かって収拾がつかなくなる事も少なくない。今回もそんな事になったら、それこそ大問題だ。

が、鏡に変わった様子はなく、まわりにも何かが起こる気配はない。私はホッと胸を撫で下ろした。

「ところで。竜と言えば晴人はどうした？」

仁藤くんも竜から晴人くんを連想したらしい。

「あれから何度か連絡を入れたんだけど、全然繋《つな》がらねえんだよ。凛子ちゃんはあいつと一緒に面影堂にいたんだろ？　どうだった、あいつの様子は？」

私は動揺した。

あのあと面影堂には行ってないし、晴人くんとも連絡はとっていない。仁藤くんについた嘘がまさかこんな形で返ってくるとは……。私は答えに困った。

「凛子ちゃん……？」

答えられずうつむく私の顔を仁藤くんが覗き込んだ。

「え？　あ、晴人くんね。そう、晴人くんは……えーっと……」

うまい答えは見つからないし、これ以上嘘を重ねるわけにもいかない。私は観念して、正直に話そうと口を開きかけた。

そのとき、「俺がどうした？」と後ろから声がした。

振り向くと、ドーナツを手にした晴人くんが立っていた。

「晴人くん！」

私は、晴人くんの笑顔に吸い込まれるように駆け出そうとした。が、ハッとなってすぐに足を止めた。

（この晴人くんはもう一人の晴人くんかも知れない……）

私の体に緊張が走った。

仁藤くんも同じ事を思ったのだろう。彼を牽制《けんせい》して言った。

「お前はどっちの晴人だ……？」

晴人くんがため息まじりに苦笑いした。

「まったく。ライバルのくせに見分けもつかないのか。俺は本物の晴人だよ」

仁藤くんを皮肉る彼の口ぶりは、たしかにいつもの晴人くんとも思える。

まだ信用はできないというふうに仁藤くんが続けて話しかけた。

「昨日はずいぶん落ち込んでたみてえだが、今日は元気そうじゃねえか」

「まあ、もう一人の俺のせいでな。けど、このとおり。もう大丈夫さ」

晴人くんはおいしそうにドーナツをパクつき、笑ってみせた。

私は、もう一人の晴人くんの目印になる〝希望《ホープ》〟の指輪を探した。

ドーナツを持つ彼の手に指輪はなく、反対の手はポケットに突っ込まれたままだ。今の段階では彼がどちらの晴人くんかは判断しきれない。

「あれからどこにいたの……？」

私は思い切って尋ねた。

晴人くんを睨んでいた仁藤くんが不思議そうに私を見た。

「私、あれからずっと一人でいて、晴人くんには会ってないの」

「はあ？」

「嘘ついてゴメン。詳しい事はあとで話す」

私は仁藤くんに手短に謝り、改めて晴人くんを見た。

「面影堂には戻ってない。俺もずっと一人でいた」

晴人くんが私の目をじっと見つめて言った。

念のため面影堂には朝のうちに電話を入れておいた。輪島さんによれば、晴人くんは昨日から戻っていないらしい。という事は、彼の話と辻褄は合う。が、もう一人の晴人くんがどこかでその事を知り、話を合わせている可能性もある。

私は高まる緊張を抑えながら質問を続けた。

「一人で何してたの……？」

「考えてたのさ。もう一人の俺を倒す方法を」

晴人くんはそう言うと、こちらに向かってゆっくりと歩き出した。

「待って！」

　緊張に耐えきれなくなった私は切り札を口にした。

「手を見せて。……ポケットに入れているほうの手を」

　晴人くんがドキッとした顔で立ち止まった。

　前の戦いで、もう一人の晴人くんの手に〝希望《ホープ》〟の指輪があるのを見ていた仁藤くんも私の意図がわかったらしい。「そうだ。手見せろ！　手！」と、晴人くんに向かって叫《さけ》んだ。

　晴人くんは苦笑いしながら私達を見た。

　が、特にためらう様子もなく、ポケットに入れている手をスッと出した。指には、彼が常にはめている魔法のベルトを召喚《しょうかん》する指輪が光っていた。

　私の体からドッと力が抜けた。

「なんだ、本物か。悪りぃ悪りぃ。ったく、晴人が二人いるとホントやっかいだぜ」

　仁藤くんが安心したように言った。

　晴人くんも私達の警戒が解けて安心したのか、軽くため息をついて残りのドーナツをペロッと平らげた。

「で、もう一人のお前を倒す方法はわかったのか？」

　今度は仁藤くんが晴人くんのほうに近づいた。

「ああ」

晴人くんはそう答えると、いきなり仁藤くんを蹴り飛ばした。

ふいの攻撃をまともに食らった仁藤くんの体は大きく後ろに吹っ飛び、抱えていた品物が地面にバラバラとこぼれ落ちた。

「そんな……まさか！」

眉をひそめた私を見る晴人くんの顔に悪意の色が浮かんでいた。

「何が本物だ……よくも騙《だま》しやがって」

体を押さえながらよろよろ立ち上がった仁藤くんの目が怒りに燃えている。

「騙してなんかないさ。俺こそが本物……本当の操真晴人だ」

不敵に笑う彼の指輪が、妖しい光を放って〝希望《ホープ》〟の指輪に変化した。

「指輪が姿を変えるだと⁉　んなの聞いた事ねえぞ！」

仁藤くんが驚きの声をあげた。

私も驚いたが、それよりも自分の浅はかさに腹が立った。

私が指輪を手掛かりに二人を見分けている事を、もう一人の晴人くんはとっくにわかっていたに違いない。わかっていて、私をわざと警戒させ、そして安心させたのだ。そんな事も想像できず、私はまんまと彼にはめられてしまったのだ。

彼はそんな心を読み取ったかのように、私にウインクした。

私は恥ずかしさと悔しさで顔から火が出そうになったが、それを怒りに変えて彼に思い切りぶつけた。

「私はあなたを認めない！」

彼は何も答えず、口元をいやらしく緩めた。

「これ以上好き勝手するなら、晴人くんがきっとあなたを許さないわ！」

「それはどうかな……」

彼の目から笑いが消えた。

「さっきも言ったろ？　俺はもう一人の俺を倒す方法をずっと考えてたって……」

彼が私のほうに向かってきた。

「まさか！　凛子ちゃんを餌にするつもりかッ！」

後方から走り込んできた仁藤くんが、私を守るように彼の前に立ち塞がった。

もう一人の晴人くんが挑発的に言った。

「お前の知ってる晴人とおんなじだと思ったら大間違いだぜ」

「なんだ？　あいつより弱いのか？」

「その逆だ」

「ならちょうどいい。お前を倒せば、俺はあいつより強いって事だからな」

仁藤くんは指輪をバックルにかざし、古《いにしえ》のベルトを召喚した。

対するもう一人の晴人くんも魔法のベルトを召喚した。

「ヘン――シン！」

「変身！」

同時に叫んだ二人の姿を魔法陣が包み込んだ。

それぞれの魔法陣が消えると、魔法使いビーストと真っ黒なウィザードが現れた。

「なんだ、その姿は？　イカ墨パスタじゃあるまいし」

ビーストになった仁藤くんが、からかうように言った。

「気にするな」

そう言いながら、真っ黒なウィザードが晴人くんと同じポーズで構えた。

「さあ、ショータイムだ」

「食えるかどうかわかんねえが、とりあえずランチタイムだ！」

二人が同時に走り出した。

走りながらつけかえた指輪をベルトにはめたビーストの肩に、新たにマントが現れた。ファルコ――隼《はやぶさ》の力を持つそのマントで空高く舞い上がった彼は、空中で剣を抜き、真っ黒なウィザードめがけて急降下した。

真っ黒なウィザードは構えた剣を銃に変形させ、激しく撃ち込んだ。ビーストは肩のマントでそれを弾きながら剣を突き出した。

真っ黒なウィザードはその剣を躱《かわ》しながら素早く銃を剣に戻し、着地するビーストを斬りつけた。ビーストはそれを避けながら剣から光弾を放った。真っ黒なウィザードは腰のマントを翻《ひるがえ》し、光弾を払いのけた。

ビーストは、間髪《かんはつ》を容《い》れずに指輪をつけかえ、新たなマントに身を包むと、真っ黒なウィザードめがけて突進した。猛牛《バッファロー》の力を持つそのマントは彼のパワーを何倍にも引き上げる。

真っ黒なウィザードは、彼の猛烈な体当たりをすんでのところで躱し、振り向きざまに斬りつけた。ビーストも読んでいたとばかりにマントでその剣を弾き返した。

永遠のライバルを自任するだけあって、ビーストである仁藤くんは、ウィザードの攻撃パターンをよく読んで次々に攻撃を繰り出す。が、対する真っ黒なウィザード——もう一人の晴人くんもまた、自分が本物だと豪語するだけあって、仁藤くんの事をよく知ってるとばかりに攻撃を難なく躱し、攻撃の手を緩めない。

二人は、まさにライバル同士として激しくぶつかり合った。

「相変わらずタフだな」

間合いをとった真っ黒なウィザードが言った。

「てめえに〝相変わらず〟なんて言われると、なんだか妙な気分だぜ」

対する仁藤くん——ビーストがジリッと間合いを詰めた。

「が、調子に乗って暴れまわると無駄に魔力を消耗するぞ」

「心配すんな。ケリは早めにつけるつもりだ」

ビーストはそう言うと、指輪をつけかえ、古代のベルトに差し込んだ。

ひときわ強い光に包み込まれ、金の装具をまとった黒いボディーが、鮮やかな青いボディーに変身した。

青と金の魔法使いとも言うべきその姿は、ビーストの強化体——ビーストハイパーだ。

「一気に決めるぜ！」

ビーストハイパーが真っ黒なウィザードに躍りかかった。

さらにエネルギッシュになった彼の攻撃が真っ黒なウィザードを押しまくった。さっきとはうって変わり、防戦一方となった真っ黒なウィザードは剣を叩き落とされ、腕をとられた。

「どうした？　お前だって強化体に変身してもいいんだぜ」

「魔力を無駄遣いしたくないんでね」

真っ黒なウィザードはとられた腕を呆気《あっけ》なく返し、反対に腕をとった。

「お前、わざと……⁉」

がっちり固められ身動きできないビーストハイパーがもがいた。

真っ黒なウィザードの〝希望《ホープ》〟の指輪が、妖しい光を放って再び形を変えた。それは見た事のない指輪だった。

「フィナーレだ」

彼はその指輪をビーストハイパーの指にはめると、その手を乱暴に引っぱり、自分のベルトにかざした。

「う……うわあぁーっ!!」

ビーストハイパーが苦しみもがき始めた。

真っ黒なウィザードはそれに構わず、指輪のある手をさらにベルトに強く押しつけた。

ガクガク震えるビーストハイパーが膝をついた。そして、元の仁藤くんの姿に戻るとバタンと地面に倒れ、そのまま気を失った。

「仁藤くん!」

私は仁藤くんに駆け寄ろうとしたが、真っ黒なウィザードがこちらを向いてそれを制した。彼は仁藤くんの指から指輪をはずすと、再び自分の指に戻した。

「なんなの?　その指輪は……?」

「魔力を吸い取る指輪……ってとこかな」

私の問いに彼は得意気に答えた。

「魔力を派手に使いやがるんで、ちょっと冷や冷やしたぜ」

またしてもやられた。もう一人の晴人くんは、私ではなく、初めから仁藤くんを、彼の魔力を狙っていたのだ。

「魔力を集めて何をするの……?」

「もう一人の俺を倒す……そう言ったはずだ」

真っ黒なウィザードは新たに蓄えた魔力をたしかめるように、指輪をした手を強く握りしめた。

指輪が元の〝希望《ホープ》〟の指輪に戻り、ひときわ強く光ると、彼の体が真っ赤な炎に包み込まれた。

燃え上がった炎が収まると、そこには、赤い魔宝石にかたどられた仮面をつけ、黒いボディーに銀のラインがくっきりと浮かびあがった……私達がよく知るウィザードの姿があった。

「これで今度こそ奴を……」

彼は満足そうにつぶやくと、私に背を向けて歩き出した。

「待ちなさい！」

私の声に振り返った彼は、変身を解いて晴人くんの姿に戻った。

「凛子ちゃんとデートしたいのは山々なんだけど、やんなきゃいけない事があるんだ」

「……晴人くんと戦うつもり？」

「いや、その前にもうひとつ……」

彼はそう言うと、強い意志を秘めた目で私を見た。

「俺は自分の過《あやま》ちを正し……人生をやり直す」

7章

俺は階段を一気に駆け上がった。

白い壁が続く長い廊下を走り、息を切らせながら病室のドアを開けると、そこには意識を失いベッドに横たわる仁藤と、奴に付き添う真由ちゃんの姿があった。

「晴人さん……！」

真由ちゃんは俺を見て安心したような顔をしたが、すぐにハッとし、表情をこわばらせた。彼女も、もう一人の〝俺〟に襲われそうになっている。俺を見て警戒するのは当然だ。

俺は携帯を取り出し、メール画面を見せた。

「心配しないで。俺は本物だ。ほら、このメール。これを見て急いで来たんだ」

仁藤の事を知らせてくれたのは、真由ちゃんだった。

真由ちゃんは、自分が送ったメールを見て、ホッとしたように表情を緩めた。

彼女の顔に少し疲れが見えた。昨日は、山本さんと譲に自分の魔力を分け与え、そのまま今朝まで付きっきりだったという話だ。かなり体力を消耗しているのだろう。

俺は、彼女を労《ねぎら》い肩をポンと叩き、改めてベッドの上の仁藤に目をやった。

「仁藤は？」

「山本さんや譲くんと同じです。魔力を大量に奪われて、一時的な昏睡《こんすい》状態に陥ってるんだと思います」

「じゃ、命に別状は……？」

「はい。このままゆっくり休ませてあげれば、二人みたいにいずれ意識を取り戻すと思うんですけど……」

俺は間をおいて尋ねた。

「奴に……もう一人の〝俺〟にやられたのか？」

「凜子さんがそう言ってました」

俺は複雑な気持ちになった。またしても〝俺〟にしてやられ、新たな被害者を出してしまった。奴が本当に俺なら、一連の事件はすべて俺のせいだ。俺は、情けなさと申し訳なさで胸が痛んだ。

真由ちゃんが、おもむろに〝魔力伝達《ブリーズ》〟の指輪を取り出した。

「どうした？」

「仁藤さんにも魔力を分けてあげようと思って。そのほうが少しでも回復が早くなると思うし」

「待ってくれ」

俺は真由ちゃんを制した。

「真由ちゃんは、すでに二人に魔力を分けてる。これ以上無理しちゃダメだ」

「でも」

「俺がやる。こうなったのは……すべて俺の責任だ」

それが今の俺にできるせめてもの罪滅ぼしだ。そう思った。

真由ちゃんに指輪を収めさせ、俺は自分が持っている〝魔力伝達《ブリーズ》〟の指輪を取り出した。

「悪いな。男に指輪をはめてもらう趣味はないって言ってたが、緊急事態だ」

俺は意識のない仁藤の指に指輪をはめ、その手を自分の魔法ベルトにかざした。

俺の体から仁藤の体に魔力が流れこんでいった。奴の顔に少し赤みが戻ってきた。気休めかも知れないが、それで少し気が楽になった。俺はベルトから仁藤の手を離し、指輪を抜いた。気が緩んだせいか、体がふらついた。

「大丈夫ですか？」

真由ちゃんが心配そうに俺の腕をとった。

ふらついたのは魔力を分け与えたせいじゃない。おそらく、昨夜《ゆうべ》一睡もしていないからだろう。俺は「大丈夫」と答え、真由ちゃんの手をそっと押し戻しながら尋ねた。

「それより。凛子ちゃんは……？」

真由ちゃんからのメールには、凛子ちゃんが車でここに仁藤を運んできたとあった。その彼女の姿がない事がさっきから気になっていた。いや、正確には、昨夜の出来事のあとの彼女の様子がずっと気になっていた。

「０課から連絡が入ったみたいで、さっき出て行きました。すぐに戻ってくると思うんですけど」

「そうか……」

俺は部屋を出ようと歩き出した。

「待ってなくていいんですか？」

「無事でいるのがわかればいいんだ」

真由ちゃんに背を向けたまま、俺は逃げるように病室を出た。

正直、凛子ちゃんに会わなくてホッとした。気になっているのに会わなくてよかったというのは矛盾も甚だしいが、凛子ちゃんと会ってまともに話せる自信が今の俺にはなかった。一晩考えたが何をどうすればいいのかまったく思いつかない。それほど、もう一人の〝俺〟が俺に与えたショックは大きかった。

俺は寝不足の目をこすりながら、眠気覚ましにコーヒーでも飲もうと自動販売機を探した。長い廊下を歩き、自動販売機のマークのある角を曲がると、そこはちょっとした談話室になっていた。

「……晴人くん⁉」

凛子ちゃん、そして木崎がそこにいた。

胸の鼓動が早鐘《はやがね》のように激しく鳴った。

そんな俺に気づく様子もなく、木崎が言った。

「お前は本物の操真晴人か？」

「あ、ああ」

そう答えるのが精一杯だった。

どうやら木崎も、もう一人の〝俺〟の存在を知っているらしい。

「もう一人の操真晴人も本物を自任していると聞いている。お前が我々の知る操真晴人だという証拠を見せてもらおうか」

相変わらず無礼《ぶれい》な奴だと思ったが、今の状況では、こいつにも証を立てざるを得ない。

俺は説明する言葉を探した。

「あいにくお前みたいに身分を証明する物は持ち合わせてないんだ。お前の勘とやらで好きに判断すればいいさ」

溜まった疲れに苛立《いらだ》ちが重なったらしい。俺の口から飛び出したのは、説明ではなく、いつもの皮肉だった。

俺を認めたかどうかわからないが、奴は表情を変えず続けて尋ねた。

「今までどこにいた？」

「お前には関係ない」

「操真晴人による事件が多発している以上、我々にも確認の義務がある」

いちいち癇《かん》に障る物言いだ。俺はため息をつきながら、横目で凛子ちゃんを見た。

彼女は俺を黙って見つめている。木崎と同じように俺が本物か疑っているのだろうか。

でないにしても、昨日の事のあとだ。俺が本物であろうと心中は複雑に違いない。あれから凛子ちゃんと連絡はとっていない。俺は、彼女への説明を兼ねるつもりで木崎の問いに答える事にした。

「夜は埠頭《ふとう》にいた。ずっと一人でな」

「大門凛子と別れてから今までか？」

「ああ」と答える俺の胸がざわついた。

奴の話しぶりは、昨日の事も知っているようだった。おそらく凛子ちゃんが話したのだろう。彼女が何をどこまで話したのかわからないが、もしすべてを聞いているとしたら……。

「一人で何をしていた……？」

木崎がさらに尋ねた。


あの事件のあと──。

俺は、真夜中の埠頭で、静かに揺れる真っ暗な海を見ていた。

奴が俺の影だと言うなら、また俺の中に潜み、抜け出す隙を窺《うかが》っているのかも知れない。俺は自分のささいな変化も見逃さないよう自分自身に気を向けながら、もう一人の〝俺〟の事を考えていた。

奴は、自分こそが本物の操真晴人であり、俺の本能だと言った。初めは信じられなかったが、奴の言葉と行動を目の当たりにし、それが事実である事を認めざるを得なくなった。俺が奴の行動に怒りを覚え、奴を否定しようとしたのは、奴が俺自身だと直感的に感じたからに他ならない。

奴の言うとおり、俺は心のどこかで凛子ちゃんを求めていた。彼女をこの腕に抱きしめたい……と。

が、その想いを俺は必死で抑え込んできた。体の中にファントムがいる俺は、もはや普通の人間とはいえない。そんな俺に愛された人はきっと迷惑に思うだろう、俺にはもう人を愛する資格がない、そう思っていた。

それに、俺にはコヨミがいた。コヨミを守る事は、俺にとって何より重要だった。

笛木の狂気の犠牲となった俺達は運命共同体だった。コヨミは魔力がなくては生きていけない体で、俺がそばについていなければならなかった。いや、ついていてやりたかった。

記憶を失い、自分の存在意義を見失っていた彼女は孤独だった。彼女を守り、自分が親や兄のかわりを務める事によって、彼女の孤独を癒やしてやりたかった。

いや、癒やされていたのは、俺のほうだったのかも知れない。彼女がいる事で、俺は俺自身の孤独から救われていたのだ。

コヨミが消え、俺の心に大きな穴が空いた。

それを埋めてくれたのが、凛子ちゃんの存在だった。

これまでも激しい戦いの中で、彼女の明るさや優しさに何度も救われてきた。彼女の事を頼もしい大事な仲間だと思っていた。

が、コヨミを失って初めて気がついた。彼女を〝大事な仲間〟だと思い込もうとしてきた事、そして、ずっと……彼女に惹《ひ》かれていた事を。

俺は再び自分に言い聞かせた。

この想いは胸の内にしまっておこう。そして、ただひたすらに、彼女を守る事だけを考えよう。それが魔法使いになった俺にできる、彼女への唯一の愛の形なんだと……。

だが、それがいけなかったのか……抑え込んだ想いは、もう一人の〝俺〟という形になって現れ、彼女の心を傷つけてしまった。

俺は、奴を倒す方法を必死で考えた。それしか傷つけた凛子ちゃんに償《つぐな》う方法がないからだ。そして奴を倒したあと、自分は彼女の前から姿を消そう。そう思った。

だが、もう一人の〝俺〟を倒す術《すべ》はわからない。俺の中からもう一人の〝俺〟が姿を現す事もなく、彼女への後ろめたさだけが募る中、いつのまにか夜が明けてしまった。


「……答えろ」

黙っている俺に木崎が言った。

「朝までもう一人の〝俺〟の事を考えていた」

「それだけか」

「ああ」

短いやりとりのあと、俺はまた黙り込んだ。これ以上、話す気になれなかった。

木崎が冷たく言った。

「無駄な時間を過ごしたな」

「その間に、もう一人のお前は策を練り、更なる目的を果たした。お前はいたずらに悩み、ただ足踏みしていただけだ」

すべて奴の言うとおりだ。俺は何も言い返せなかった。

「魔法使いなら、その力を以《もっ》て皆を守れるのは自分しかいないという事を、もっと自覚すべきではないのか」

木崎はひときわ厳しい目で俺を睨《にら》んだ。

「すいません！」

凛子ちゃんが突然立ち上がり、木崎に頭を下げた。

「私が悪いんです……全部」

「どういう事だ？」

「え、それはその……なんと言うか……」

言葉に詰まる彼女に木崎が冷ややかに言った。

「お前はこの男……もう一人のこの男に狙われた被害者だ。悪い事は何もない」

「あ、や、それはそうなんですけど」

「俺が言った事を忘れたのか」

木崎の言葉に凛子ちゃんが黙り込んだ。

奴の言うとおりだ。凛子ちゃんは何も悪くない。悪いのはすべて俺だ。

木崎は凛子ちゃんに言った。

「この男は拘束《こうそく》する。昨夜や今朝の事件は、すぐに操真晴人に監視をつけられなかった我々にも落ち度がある」

「木崎さんは晴人くんをまだ信用してないんですか？」

「こう事件が続いては仕方あるまい」

「それはもう一人の晴人くんが――」

「そいつを生んだのはこの男だ！」

木崎が怒鳴った。そして気迫に満ちた目で俺を見た。

「お前にもしかるべき責任はとってもらわないとな」

「待ってくださいッ。晴人くんを拘束するのは不適切だと思います！」

凛子ちゃんが食い下がった。

「彼をおいて、もう一人の晴人くんを倒せる人はいません」

「だからといって、こいつが我々の知る操真晴人だという確証もまだない」

「あります！」

彼女が強い声で言った。

「もう一人の晴人くんが去り際に言いました。『俺は自分の過《あやま》ちを正し……人生をやり直す』と。彼はきっと次の何かを企《たくら》んでいます。そんな彼がこんなところで私達とのんびり話しているとは思えません」

凛子ちゃんが俺のほうをチラッと見た。

彼女は木崎に訴えかけるふうを装い、もう一人の〝俺〟の次の動きを俺に伝えようとしているのだ。彼女の気持ちをありがたく思いながら、頭をフル回転させ、奴の言葉の意味を考えた。

奴は、俺に抑え込まれてきたと言っていた。人生という言葉を口にしたなら、凛子ちゃんの事だけでなく、おそらく俺の生き方そのものに不満を持っているのだろう。人生の過ち——考え始めれば、そんなものはいくらでもある。が、それをやり直すと言っても一体どうやって……。

そこまで考えた俺の中に衝撃が走った。奴は俺とまったく同じ力を持っている。だとしたら……まずい、それだけは絶対に止めなければ。俺は反射的に走り出した。

「待て！」

威圧感のある声に振り向くと、木崎が俺に向けて銃を構えていた。

「勝手な真似は許さん。そこを動くな」

その声は静かだったが、動けば本気で撃つという強い意志がはっきり伝わってきた。

「悪い、行かせてくれ。時間がないんだ！」

「一人で熱くなるな」

木崎がさらに俺を睨みつけた。

そのとき、凜子ちゃんが銃を持つ木崎の腕に飛びついた。

「行って！　晴人くん！」

凜子ちゃんが叫んだ。

彼女の助けを無駄にするわけにはいかない。彼女にすまないと思いながら、指輪を取り出し素早くはめた。

ひときわ大きな魔法陣が俺の背後に現れた。

「ごめん、凜子ちゃん！」

俺は魔法陣の中に飛び込んだ。

魔法陣を抜けた俺の目の前に、懐かしい光景が広がっていた。

俺は、自分をこの場所にいざなった指輪を改めて見た。

〝時間移動《タイム》〟の指輪。時の門を開き、過去や未来へ行き来する事ができる——まさに禁断の力を持つ指輪だ。

この指輪は前に一度使った事がある。そのときは、未来からの来訪者を元の時代に送り届けただけだったが、のちに、この指輪の持つ力を恐ろしいと思った。これがあれば過去に戻り、歴史を変える事も可能だからだ。

変えたい過去、忘れたい過去、人には色々な過去がある。俺にだって、もちろんそんな過去はある。が、だからといって、この力を使って俺が好き勝手に過去を変えてしまったら、もしこの力が誰かの手に渡り悪用されてしまったら……そんな事になったら今の世界は滅茶苦茶になってしまう。それを避けるため、俺はこの指輪を二度と使わないよう、封印していたのだ。

が、奴なら——もう一人の〝俺〟なら、きっとこの指輪を使う。そして、きっと〝ここ〟に……。

俺は目の前に広がる光景に改めて目をやった。

そこは大きな湖で、長い砂浜に静かな波が押し寄せている。湖に面した林の入り口には、見覚えのある朽ち果てた白い手作りのブランコがあった。

「……コヨミ」

俺の口から思わずその名がこぼれた。

ここはあのときの、あの場所……コヨミが、その短い命を終えた地だ。

あのとき――。

笛木に軟禁されていたコヨミは、奴の手から逃れて、ここまで辿《たど》り着いた。

俺が見つけたとき、コヨミの体はすでに危険な状態にあった。笛木の娘を甦《よみがえ》らせる器として、賢者の石を埋め込まれていたコヨミは、魔力を与えてもらわなければ生きていけない体だったが、魔力を以てしてもその体を維持する事が難しくなっていたのだ。

俺は、それでもコヨミを助けたい一心で、魔力を与えようと彼女の手をとった。

だが、コヨミは俺のその手を拒んだ。

「いいの……このままで」

「何言ってんだ⁉」

「私だって本当は消えるのが怖い……けど、私が消えれば誰も犠牲にならずに済む。すべてを終わらせるにはそれしかないの」

「違う。他にも方法はある。ココミが消えなくてもいい方法がきっと！」

正直、他の方法なんて俺には思いついていなかった。ココミに生きていて欲しい――俺にはただその想いしかなかった。

しかし、ココミの決心は固かった。彼女は、俺に〃無限《インフィニティー》〃の指輪を託して言った。

「私が消えて賢者の石が残ったら誰にも渡さないで。あの石がある限り、きっと悪い事が起こる。だからお願い……」

ココミの目に涙が溢《あふ》れていた。

「ココミ……」

それ以上何も言えなかった。彼女がそう決心するまでには壮絶な葛藤があったはずだ。

俺は彼女の計り知れない苦しみを想像し、胸が詰まった。

ココミはすべてを受け入れたように、にっこり笑って言った。

「このまま静かに眠らせて。それが私の……希望」

湖から流れてくる風が、懐かしさと、そしてあのときの悲しさを運んできた。

と、林のほうで何かが動いた。

俺は急いで近くの茂みに姿を隠した。

林の中から姿を現したのは——あのときのコヨミだった。

おそらくあのときの俺が見つける前だろう。苦しそうに体を引きずりながら、湖のほうへ一歩一歩と足を運ぶ姿が痛々しい。

俺は飛び出したくなる気持ちを必死で抑えた。

今の俺は、あのときの俺ではない。俺が彼女に手を差しのべたら、歴史が変わってしまう。それに、ここに来たのは……。

（……ごめん、コヨミ）

俺は湖に向かう弱々しいコヨミの背中を見つめながら、心の中で詫《わ》びた。

林の奥にまた何かが動くのが見えた。

俺はそれが何なのか見極めると、コヨミのほうから見えない場所を選び、その前に立ち塞《ふさ》がった。

「お前も来たのか」

もう一人の〝俺〟が苦笑いしながら俺を見た。

「『自分の過ちを正し、人生をやり直す』だっけ？　凛子ちゃんが教えてくれたのさ」

「それだけでよくここがわかったな」

「お前は俺だからな」

俺は毅然《きぜん》と言い放った。

「お前が俺ならきっとここに来ると思った。俺の人生、やり直せればと思う事は色々あるが、その中でもっとも強く思う事があるとしたら、それはコヨミの事だからな」

もう一人の〝俺〟は、鼻でフンと笑うと再び歩き出した。

俺はさらに前に出て、行く手を遮《さえぎ》った。奴がギロッと俺を見た。

「どけ」

「何をするつもりだ？」

「コヨミに魔力を与え、俺の時間に連れて帰る」

「よせ。それじゃ歴史が変わっちまう」

「コヨミが生き長らえる。それが新しい、いや、真の歴史だ」

奴は俺をどかせようと肩を摑《つか》んだ。俺はその手をねじ上げ、茂みの奥のほうへ奴を放り投げた。膝をついた奴が怒りの目で俺を睨み上げた。

「邪魔するなッ！」

「お前こそ過ぎた時間を取り戻そうとするのはやめろ！」

「あのままコヨミが消えて、お前は平気なのか⁉」

「お前こそ、コヨミの苦しみを長引かせるつもりか⁉」

俺達の話はまさに表と裏、完全に平行線だった。

そのとき、湖のほうから「コヨミ」と叫《さけ》ぶ声が聞こえてきた。

茂みの隙間から、あのときの俺がコヨミに駆け寄る姿が見えた。

「お前が邪魔するから、あんときの俺が来ちまったじゃねえか」

もう一人の〝俺〟が苦々しい顔で言った。

「こうなりゃ、あんときの俺もぶっ飛ばすしかねえな」

奴はあくまで自分の考えを貫くつもりらしい。

横目で茂みの向こうを見ると、コヨミが、魔力を与えようとするあのときの俺を拒んでいる。

「いいの……このままで」

あのときのコヨミの言葉が聞こえてきた。

「お前だってあのときのコヨミの言葉を聞いているはずだ」

俺がそう言うと、奴は言い返した。

「お前はそれがコヨミの本当の気持ちだと思っているのか……？」

コヨミの声が続けて聞こえた。

「私だって本当は消えるのが怖い……」

「あれがコヨミの本当の気持ちだ」

奴はコヨミを見つめて言った。

「その気持ちをお前はわかろうとしなかった」

「違う！　俺だってもちろんわかってた。俺だって、コヨミの苦しみが痛いほど――」

「わかっていても何もしなけりゃ同じだッ！」

奴が俺の言葉を遮った。

「俺ならあのとき、彼女の手を無理にとってでも魔力を与えた。たとえ先が見えずとも迷わず彼女を連れ帰った。だがあのとき、俺はお前に抑え込まれていた。コヨミの言葉を鵜《う》呑《の》みにし、何もせずただ泣いているだけのお前に……。俺は、お前という、いや、自分という人間の弱さを、あのときほど呪った事はなかったぜ」

奴の言葉が胸に刺さった。奴の言うとおり、俺はあのとき……何もできなかった。

「お前はいつもそうだ」

苛立つように奴は続けた。

「人の気持ちばかり考えて、自分の気持ちを――本当の〝俺〟を抑え込んじまう。優しさ、思いやり、配慮、モラル……色んな言葉で理屈をつけて正当化してるが、それで結局大事なもんを失ってるんじゃ話にならねえぜ」

俺に対する〝俺〟の言葉は容赦なく、俺はそれを受け止めるのが精一杯だった。

そうだ、すべては奴の言うとおりだ。もう一人の〝俺〟は本当に俺の事をよく知っている。

何も言い返せない俺を見て、奴が再びコヨミに向かって歩き出した。奴への言葉が見つからない俺は、俺の脇を抜けてゆくもう一人の〝俺〟を止める事ができなかった。

そんな俺の背中に、あのときの俺と話すコヨミの声が再び聞こえてきた。

「このまま静かに眠らせて。それが私の……希望」

俺はハッと振り返り、コヨミを見た。

あのときの、あの寂しそうな笑顔。そしてそれを見る俺は——。

俺の中にあのときの気持ちがはっきりと甦ってきた。

俺は、もう一人の〝俺〟を追い、その前に再び立ち塞がった。

「お前はやっぱり間違っている」

「何もできず泣いてただけの奴に言われる筋合いはない」

「いいや」

俺はコヨミを見つめるあのときの俺を見た。

「何もせず泣いていたのは……お前だ」

あのときの俺はただ黙っていたが、その目に涙はなかった。

「俺はあのとき……覚悟を決めたんだ。最後まで笑っていようと必死で笑顔を作るコヨミの顔に、彼女の覚悟を感じたんだ。だから俺も覚悟を決めた……すべてを受け入れようと。今もその思いは変わらない」

もう一人の〝俺〟が忌々《いまいま》しげに俺を見た。

「お前、このあとコヨミがどうなるかわかってんだろう?」

「それがコヨミの……希望だ」

俺が答えたとき、湖のほうに新たな人影が現れた。白い魔法使い――コヨミを連れ戻しに来た笛木だ。

笛木とあのときの俺はコヨミをめぐって戦いになる。そして……。

「もう話してる暇はねえな」

奴は指輪を素早くベルトにかざし、ウィザードに変身した。

その姿は、全身漆黒に覆われていた昨夜の姿とは違っていた。赤く輝く魔宝石に覆われた仮面、くっきりと銀のラインが浮かび上がった黒いボディー――それは、魔法使いになった俺とまったく同じだった。

奴がいよいよ俺に成り代わろうとしている事を本能的に感じ、戦慄が走った。が、引き下がるわけにはいかない。

「変身……！」

俺もウィザードに変身し、身構えた。

くしくも湖畔では、〝無限《インフィニティー》〟の指輪で最強形態に進化したあのときの俺と白い魔法使いが、互いに身構えたところだった。

その二人が駆け出すのと同時に、俺達も走り出した。

コヨミをめぐりぶつかり合うあのときの俺と笛木、同じくコヨミをめぐりぶつかり合う今の俺ともう一人の〝俺〟——コヨミを守りたいというそれぞれの想いが、〝あのとき〟の表と裏で激しい戦いの火蓋を切った。

火、水、風、土——奴はそれぞれの属性を持つ姿に次々と変身し、襲いかかってきた。俺と完全に同じ姿になった〝俺〟はますます強くなっているようだ。おそらく仁藤から奪った魔力のせいだろう。気力、魔力ともに充実した奴の攻撃は昨日とは比べものにならない。加えて、あのときのコヨミの悲劇が目前に迫っているせいもあるのだろう。奴はすごい気迫でぐいぐいと俺を押し込んできた。

だが、奴のすごさはそれだけではなかった。奴には指輪交換の時間が存在しなかった。指輪の魔法使いと呼ばれる俺は、指輪によってすべての魔法を使い分ける。それぞれの属性や特性を持つ指輪を腰のホルダーに携帯し、状況に応じて指につけかえ、ベルトにかざして魔法を発動させるのだ。

が、奴の指輪——〝希望《ホープ》〟の指輪は、奴の意志が宿っているかのように瞬時に姿を変える。それは唯一にして万能の指輪だった。

「どうして、その指輪は姿を変える事ができる……⁉」

「この指輪の名は知ってるだろう。こいつは俺の望むままに力をくれる……〝希望《ホープ》〟の指輪だ！」

そう言い放つ奴の指で、〝希望《ホープ》〟の指輪が妖しく光り、瞬時に〝火《フレイム》〟の指輪に変化した。

俺は奴の攻撃を迎え撃つため、ホルダーにある〝火《フレイム》〟の指輪に手を伸ばした。

が、それより早く、指輪をベルトにかざした奴の姿が火の属性——赤いウィザードに変わった。奴が放った炎が、指輪をはめた瞬間に俺を包み込んだ。

「うああーッ！」

灼熱《しゃくねつ》の炎に巻かれ、俺はもがいた。俺は炎の中でなんとか赤いウィザードになり、炎で炎を相殺した。が、ダメージは大きく、そのまま膝をついた。

「フィナーレだ」

奴は〝蹴撃《キックストライク》〟に変化させた指輪をベルトにかざし、大きく飛び上がった。

（やられる……！）

ダメージを受けた体を必死に起こし、〝防壁《ディフェンド》〟の指輪をベルトにかざした。現れた炎の盾が奴の炎のキックを寸前で食い止めた。拮抗《きっこう》する炎の力が互いを吹き飛ばした。

「チッ……今度こそフィナーレだ」

着地した奴は、舌打ちしながら再び身構えた。

俺は肩で息をしながら、その様子を妙に思った。

（まさか奴は……）

奴が俺にキックを浴びせるため、高く飛び上がった。

俺は自分の勘に賭け、新しい指輪を素早くベルトにかざした。

が、その刹那、奴のとどめのキックが俺の体に炸裂《さくれつ》した。

……かに見えた。

俺にとどめを刺したはずの奴の体は、俺を包み込む魔法陣に大きく弾かれ、地面に叩きつけられた。

「……何？」

地面に倒れ伏した奴が俺を見た。

俺の姿は、〝火《フレイム》〟の強化形態——真紅のウィザード・フレイムドラゴンに進化していた。

「間一髪ってとこかな」

高い魔力で真紅に染まったボディー、竜の力を帯びた鋭く伸びた角——強化形態になった俺の体には力がみなぎっていた。

「これでもうお前に勝ち目はない」

「バカ言え。強化形態になったくらいでいい気になるなよ」

「強がるのはよせ。お前がこの姿になれない事はお見通しだ」

俺の言葉に奴の体がピクッと反応した。

「二度目のキックで強化形態に変身しなかったのが、その証拠だ。一度使った力で倒せないなら、より強力な力で攻撃しようと普通は考える。が、お前はそれをしなかった。いや、できなかったんだ」

黙り込んだ奴に向かって、俺は続けた。

「お前の昨日の姿、そして今日の姿――それはおそらく、お前が蓄えた魔力の量に比例している。つまり、強化形態に変身できない今のお前には、まだそこまでの魔力はないって事だ」

仮面の下で奴がどんな顔をしているのかはわからない。が、弱点を看破され動揺している事は明らかにわかった。

「その指輪がいくらお前の望みを叶《かな》えてくれると言っても、肝心のお前に魔力が足りないんじゃ仕方ないな」

「だからなんだってんだ！」

奴が猛然と突進してきた。

「悪いが、フィナーレだ」

俺は二本になった剣を静かに構え、力を込めて一気に振り抜いた。剣から放った二つの炎は絡《から》みあいながらより強力な火竜となって、奴の体に食らいついた。

「うがああ――！」

今度は奴が灼熱の炎にもがく番だった。

より獰猛《どうもう》になった火竜を相手に、奴のなす術はなかった。変身が解けた奴は力尽き、ガクリとその場に倒れた。

同時に湖畔の戦いも終わった。

互いの必殺技を繰り出したあのときの俺と白い魔法使いは相討ちとなり、変身が解け、砂浜に倒れた。

俺は、その光景を静かに見つめた。

あのときの俺が立ち上がり、よろよろとコヨミのほうへ歩き出した。すると、死力を振り絞って立ち上がった笛木が、そうはさせまいと羽交い締めにした。

そのとき、飛び込んできた影が笛木の体を横一文字に斬り裂いた。飛び込んできた影は、グレムリン——ソラだった。

ソラは、人の心を残したファントムだった。が、それは猟奇《りょうき》的《てき》な殺人者の心で、サバトによって無理やりファントムにされた奴は、人間に戻る方法を探し、賢者の石を狙っていたのだ。

笛木にとどめを刺したグレムリン——ソラが、コヨミのほうに歩き出した。

「コヨミ、逃げろーッ！」

ダメージを受け、立ち上がれないあのときの俺が必死に叫んだ。

（俺なら……あのときのコヨミを）

俺の心は激しく揺れ、今すぐ飛び出したいという激しい衝動に駆られた。

その瞬間、背後で倒れていたもう一人の〝俺〟が、突然起き上がった。

「うおおおおおおーッ！」

奴は猛烈な勢いで湖に向かって走り出した。

俺はとっさにタックルし、奴を止めた。

「どけ！　放せッ！」

奴は目を血走らせながら、丸めた拳で俺の背中を激しく打ちまくった。その痛みは、目の前の状況に対し、手を出す事を許されない俺の心の痛みにも思えた。

俺は痛みに耐えながら、〝時間移動《タイム》〟の指輪をはめ、ベルトにかざした。

背後に大きな魔法陣が浮かび上がった。

そのとき――

グレムリンの剣がコヨミの体を容赦なく切り裂いた。

「コヨミ――――っ！」

あのときの俺ともう一人の〝俺〟が同時に叫んだ。

俺はすべてを振り切るように、もう一人の〝俺〟を抱え、魔法陣に飛び込んだ。

――目の前に広がる砂浜には誰もいなかった。

魔法陣から出たところは、現在の湖畔だった。俺達は元の時間に戻ったのだ。

俺は変身を解いた。

湖から流れてくる風が優しく頬を撫《な》でた。

誰もいない湖畔はとても静かで、さっきまで目の前で起こっていた事が、まるで夢の中の出来事のように思えた。が、あれは決して夢ではない。俺は、悲劇を……二度見たのだ。

「ああああああああーっ」

膝をついたもう一人の〝俺〟が、砂浜に激しく拳を叩きつけ、大声で泣いた。

俺も悲しかった。できる事なら声をあげて泣きたかった。が、ココミのために動こうとしなかった俺に泣く資格はない。

(こいつは、そんな俺のかわりに泣いているのかも知れない……)

俺と同じ姿をした男を見つめ、そう思った。

顔をあげた奴が、真っ赤に腫らした目で俺を睨みつけた。

「……お前のせいで、またココミを救えなかった」

「お前にはココミを救う事はできない」

俺は静かにそう返し、奴の指に光る〝希望《ホープ》〟の指輪を見た。

「その指輪を俺からどう抜き取ったのかはわからない。が、それが本当に俺の中にしまってあった指輪なら……今ここにあるのは、あのときのココミを救えなかったからだ」

〝希望《ホープ》〟の指輪が生まれたのは、〝あのとき〟からしばらく後、ソラとの最終決戦に挑んだときだ。

あのとき、ソラは俺の目の前でコヨミを斬り、賢者の石を奪い去った。自分を維持する魔力を完全に失ったコヨミは、俺の腕の中で光となって消えた。

俺はコヨミの想いを胸に秘め、賢者の石を取り戻すため、ソラに戦いを挑んだ。

戦いの中で奪い返した賢者の石にはコヨミの心が宿っていた。彼女の心を宿した賢者の石は〝希望《ホープ》〟の指輪へと姿を変え、ソラを倒す力となった。

「〝あのとき〟のコヨミを救えば、その指輪は生まれなかった事になる。〝希望《ホープ》〟の指輪はお前の唯一の力だ。それがなければお前は魔法を使えない。変身も、過去に戻る事も……」

奴は何も言わず、俺を睨んだままだ。俺は続けた。

「過ぎた時を取り戻す事はできないんだ」

その言葉は、自分にも改めて言い聞かせるものだった。

「コヨミの最期の言葉……お前だって覚えているはずだ」

賢者の石を奪われ、いよいよ命が尽きようとするコヨミは、俺の腕の中で言った。

「失った命は取り戻せない……ううん、取り戻しちゃいけないの」

そして、皆が人ではない自分を受け入れてくれて幸せだったと話し、最後に俺に想いを託した。

「賢者の石をお願い……晴人が……最後の希……望……」

コヨミは光となって消えた。

「……だから」

俺は静かに、だが力強く、もう一人の〝俺〟に言った。

「コヨミが身を以て示したその遺志を、俺も守っていかなきゃって思うんだ」

俺の言葉に奴が静かにうつむいた。

「すべてを受け入れ、前に進む——進むために、何かを終わらせたり、捨てたりするのはつらい。けど、いつか思い出したときに、それでよかったと思えるように……今を精一杯生きるしかないんだ」

うつむいている奴の肩が小さく震えている。

もう一人の〝俺〟が俺にかわってまた泣いている……そう思った。

「……おめでたい奴だな」

そう言ってあげた奴の顔は、俺を嘲《あざけ》るように笑っていた。

「それでコヨミの意志を継いだつもりでいるのか？」

奴の目が挑戦的に俺を見た。

「俺が生まれた事……それこそがコヨミの意志だ」

「何？」

「何故〝希望《ホープ》〟の指輪がここにあると思う……？」

奴の顔に不敵な笑みが浮かんだ。

「ココミが俺を選んだからだ」

衝撃的な言葉だった。

ココミが……奴を……？

もう一人の〝俺〟が生まれたのが、彼女の意志とは一体どういう事なんだ……？

「俺が生まれた経緯をお前に教えてやるよ」

もう一人の〝俺〟は、ゆっくり立ち上がりながら話し始めた。

「前にも言ったとおり、俺はお前自身――つまり今までは〝もう一人の操真晴人〟として、お前の中にいた。が、あるとき、俺を呼ぶ声が聞こえたんだ。それは誰かわからないし、どこから聞こえているかもわからない。俺は見えない声の主を求め、暗闇の中で苦しみもがいた。そのとき、目の前に……ココミが現れた」

そう言いながら、奴は〝希望《ホープ》〟の指輪をはめた拳を突き出した。

「ココミは何も言わず、この指輪を差し出した。俺は無我夢中で指輪を掴んだ。その瞬間、俺を呼ぶ声は消え、高熱で倒れたお前の姿が横にあった……俺は表の世界に出ていた」

信じ難い話だった。が、もしそうなら、〝希望《ホープ》〟の指輪が奴の手にある事の辻褄《つじつま》は合う。

俺の心の奥にしまった〝希望《ホープ》〟の指輪は、誰かが中に入りでもしない限り、外からは決して取り出す事はできない。だが、指輪に宿ったコヨミの意志が、自ら外に出る手引きをしたなら……。

「これでわかったろ。俺の存在こそが、彼女の意志――コヨミの〝希望〟だ」

奴は勝ち誇ったように俺を見た。

「すべてを受け入れ、前に進む……？　笑わせるな。お前は、目の前で起こる事をただ眺めているだけの傍観者だ。そのあげく、守れなかった者がいると、言葉をすり替え、薄っぺらい気休めを希望と称して押しつける、とんでもないペテン師だ。コヨミは、そんなお前に愛想を尽かしたのさ」

俺は何も言えなかった。いくら否定しようとしても、〝希望《ホープ》〟の指輪が奴の手にある事はまぎれもない事実なのだ。

「……が、俺は違う。お前みたいに、人を欺き、自分をごまかして生きるのはまっぴらだ」

奴は痛いほどまっすぐな目で俺を見つめて言った。

「俺はすべてを諦めない。コヨミを救う事も、お前を消す事も、そして彼女の事も……。俺が……俺こそが〝最後の希望〟だ」

奴が俺に背を向け、歩き出した。

俺は、去ってゆく奴の背中をただ眺めている事しかできなかった……。

8章

あれから丸二日、晴人くんからの連絡はなかった。

私はといえば、自宅にて絶賛謹慎中。表に出る事を禁じられ、時間を持て余していた。

木崎さんの邪魔をしたのは、やはりまずかった。晴人くんが魔法陣に消えたあと、私は木崎さんにこっぴどく絞られ、その場で即、謹慎を命じられたのだった。

それと引き換えにしてまで私が晴人くんにした事が、果たして彼のためによかったのかわからない。彼が、本当にもう一人の晴人くんに出会えるかの保証もなかった。それでもあのときの私にできる事は、晴人くんを行かせてあげる事しかなかった。それしか思いつかなかったのだ。

が、今になって考えてみると、それは私自身の逃げだったのかも知れない。

あとで聞いて、真由ちゃんが気を利《き》かせて晴人くんに連絡を入れてくれたとわかったが、あのとき彼に会うつもりは私にはなかった。晴人くんと向き合う心の準備がまだできていなかったので、連絡は自分が病院を出たあとで入れるつもりだったのだ。

だから病院で晴人くんと鉢合わせになったとき、正直面食らった。心臓はバクバクするわ、顔は熱くなってくるわで、早くそこから消えてしまいたい気持ちでいっぱいだった。ま、実際に消えたのは晴人くんのほうになったけど……とにかく、そうした色々な気持ちが彼を行かせるよう私を駆り立てたんじゃないかと思う。

けれど、私は今、それをすごく後悔している。

あれから丸二日連絡のない晴人くんの事を考えると、とてつもなく不安になるのだ。

これまでだって毎日会っていたわけでもないし、ファントムと戦っていたころだって連絡がとれない事は何度かあった。

けれど、今回は妙な胸騒ぎがする。晴人くんの安否はもちろんだが、このまま彼が自分からどんどん離れ、私の前から消えてしまう——そんな気がしてたまらない。どうしてそんな事を思うのかはわからないが、とにかく落ち着かないのだ。

もしかすると、自分の部屋で一人っきりで時間を持て余しているせいかも知れない。こういうときにネガティブな事を考えると、だいたいドツボにはまるパターンが多い。

「よし!」

私は気合を入れ、勢いよく立ち上がった。

こんなときはおいしい物をお腹いっぱい食べるに限る。謹慎中といっても、食事を外でとるくらいは大目に見てもらえるだろう。私は、Tシャツの上にパーカーをひっかけ、部屋を出た。


街には明るい日差しが降り注いでいた。

カラッと晴れ上がった空は、この間の雨がまるで嘘のようだ。

(私の心に突然降った激しい通り雨……)

……あー、ダメダメ！　油断すると、あの晩の事をすぐ思い出してしまう。

私は頭をブルブル振り、カフェやレストランが並ぶ通りへ向かう足を速めた。

通りに出ると、まだ昼前だけに店はどこもすいていた。

が、いざ店を選ぼうとすると、どの店に入ればいいのかわからない。考えてみれば、このところこういった小じゃれた店に入っていなかった。

学生のころは、友達とオシャレなカフェでお茶したり、話題のレストランでランチを楽しんだりした。が、刑事になってからは、上司にくっついて居酒屋に行くか、ファーストフードやラーメン屋でてっとり早く食事を済ませる事ばかり。非番のときなども、コンビニでパンやお弁当を買って家で食べる事がほとんどだ。

(私って女子力ゼロ……)

思わずため息が出た。

ふと、カフェのオープンテラスに目をやると、私と同じくらいの年の女の子が、彼氏らしき男の子と一緒に楽しそうに話しているのが見えた。

(……一人でこんな店に入っても仕方ないか)

私はトボトボと通りを後にした。

気がつくと、河川敷の公園まで来ていた。

見ると、〝はんぐり〜〟がいつもの場所に店を出している。この店は、ワゴンカーの移動ドーナツ屋で、晴人くんがお気に入りの店だ。皆と外で会うときは、たいていここだった。

（結局こうなるのよね）

私は苦笑いしながら、広場に続く階段を降りた。

〝はんぐり〜〟の前には、いつものようにテーブルがいくつか出ていた。お客はいないように見えたが、よく見ると一番向こうの端の席に一人だけ座っていた。

「晴人……くん⁉」

私は見覚えのある後ろ姿に思わず声をあげた。

彼がゆっくり振り返った。その顔は、たしかに晴人くんだった。彼は驚くでもなく、私をぼんやり見た。

「戻ってたの……？」

「ああ」

彼は小さな声で答えると、再びテーブルのほうに顔を向けた。

不思議な事に彼がどちらの晴人くんか迷う事はなかった。私は、直感的に彼が本物だと感じ、ゆっくりと近づいていった。

――それから何分経っただろう。

テーブルを挟んで晴人くんの前に座ったものの話す言葉が見つからない。晴人くんも、目の前の私がまるでいないかのごとく、虚《うつ》ろな目をテーブルに落としたままだ。

テーブルの上には冷めたコーヒーがポツンと置いてある。まったく減っていないところを見ると、おそらく買っただけで口をつけていないのだろう。

間が持たずキョロキョロしていると、すっかり顔なじみとなった店長がワゴンの奥から私に手招きしているのが見えた。

ワゴンまで行くと、店長がカウンターから身を乗り出し、小声で尋ねてきた。

「ハルくん、どうしちゃったの……？」

店長も晴人くんの様子を心配しているようだ。

「ああやって、かれこれ一時間も座ってるんだけど、なんだか声もかけづらくって」

私は振り返って、改めて晴人くんを見た。

虚ろな目には力がなく、顔もやつれて憔悴《しょうすい》しきっている。彼が完全に覇気を失っている事は、遠くからでもはっきりわかった。

「お気に入りのプレーンシュガーも頼まなかったし、どこか具合でも悪いのかしら？」

店長がそこまで話したとき、晴人くんがフラッと立ち上がった。

私は急いでテーブルに戻り、声をかけた。

「大丈夫？」

「ああ」

小さな声でそう答える晴人くんの様子は明らかに大丈夫ではない。

彼はあまり話をしたくないようにも思えたが、話を聞かなければ詳しい事はわからない。私は思い切って切り出した。

「もう一人の晴人くんに会えたの……？」

「ああ」

晴人くんはそう言ったきり黙り込んだ。その雰囲気にただならぬものを感じ、私は慎重に尋ねた。

「何か……あったのね？」

晴人くんはそれには答えず、問い返した。

「凛子ちゃんこそ、大丈夫……？」

私の事なんか気遣ってくれなくていいのに。私は、これ以上晴人くんに気を遣わせまいと、努めて明るく答えた。

「私なら大丈夫。今は謹慎中だけど、かえって休みがとれて嬉しいくらいよ」

「謹慎？　……そうか、俺のせいで」

晴人くんの顔がさらに暗くなった。

私ったら何やってるんだろう。自分が大丈夫な事を伝えるつもりが、うっかり謹慎の事までしゃべっちゃうなんて。空回りする自分がホント情けない。

「ホント色々ごめん。……あの晩の事も」

晴人くんが静かに言った。

あの晩——胸の鼓動が突然激しくなった。

私はしどろもどろになりながら、彼に精一杯伝えた。

「な、何言ってんのよ。は、晴人くんは、何も悪くなんかないわ」

晴人くんは、その言葉を遮《さえぎ》るように言った。

「奴は俺だから」

彼の顔に悲痛な色が浮かんでいた。

「奴が俺である以上、奴が言う事、する事……それはすべて俺自身の事なんだ」

私は胸が詰まった。あの夜の事が晴人くんをすごく苦しめている。その苦しみをなんとか解いてあげたい。私は懸命に言葉を探した。

「凛子ちゃんには……本当にすまないと思っている」

晴人くんはそう言うと、歩き出そうとした。

このまま彼がどんどん離れ、私の前から消えてしまう……ずっと感じていた不安が、大きな波となって私の心に押し寄せた。

「待ってッ！」

知らぬうちに大声が出た。

その声にドキッとしたように、晴人くんが立ち止まった。

「彼が——もう一人の晴人くんが、あなた自身だっていうのは本当……？」

「ああ」

「なら、彼が言っていた事は……晴人くんの気持ちなの？」

彼は黙っていた。私は構わず続けた。

「もしそうなら、私……嬉しいって思った」

私は自分が何を言っているのか、わからなくなっていた。ただ、目の前から消えてしまいそうな晴人くんに自分の気持ちを伝えなきゃという思いだけが溢《あふ》れ、止まらなかった。

「もう一人の晴人くんに迫られたとき、正直驚いたし、とっても怖かった……。けど、心のどこかで、晴人くんなら……って思ってた自分がいる。最後にかけられた言葉も、これが晴人くんの、晴人くんの心なら……私……」

そこまで話したとき、晴人くんがポツリと言った。

「凜子ちゃんも……そっちか」

一瞬、彼の言った意味がわからなかった。

が、自分の気持ちがうまく伝わらなかった事だけはすぐに理解できた。焦った私は、続く言葉が見つからないまま口を動かそうとしたが、晴人くんはそれを待たず再び歩き出そうとした。

「待って！」

私は、思わず晴人くんの腕を掴《つか》んだ。

晴人くんが静かに私の手をほどきながら言った。

「大丈夫……一人には慣れてる」

その顔は笑っていた。

が、彼が心に厚い壁を作り、完全に私を拒否しているのがはっきりとわかった。

晴人くんは私に背を向け、そのまま去っていった。

私は一気に力を失い、よろめいてテーブルにぶつかった。

テーブルにのっていたカップが倒れ、コーヒーがこぼれた。冷たい黒い液体が、白いテーブルを覆い尽くすようにゆっくりと広がっていった……。


――あれから何分経っただろう。

私はさっきと同じ椅子に座っているが、テーブルの向かい側に晴人くんはいない。

こぼれたコーヒーで汚れたテーブルは店長が綺麗《きれい》に拭いてくれたが、そこにはまた冷めたコーヒーがポツンとあるだけだ。

私達の様子に何かを感じたのか、店長がサービスだと言ってそっと置いていってくれたのだが、今の私の喉には何も通らなかった。

「どうした？　男にフラれたみたいな顔して」

不遠慮な言葉とともに、誰かが前に座った。顔をあげると、それは晴人くんだった。

「ヨッ」

いたずらっぽくウインクするその顔——彼は、もう一人の晴人くんだ。

驚く私を気にする様子もなく、彼は話し続けた。

「凛子ちゃんのそういう格好、初めて見たなあ」

ハッとなって、私は自分の服装を見た。

ジーパンにスニーカー、部屋着のTシャツの上にパーカーという超ラフなスタイル——家の近くで御飯を済ませるつもりでオシャレせずに出て来た事をすっかり忘れていた。

「いつものジャケット姿もいいけど、そういうのも新鮮でいいねえ」

私は、だらしないところを見られてしまった恥ずかしさで真っ赤になった。

彼は、そんな私に構わず、ワゴンのほうに声をかけた。

「店長、プレーンシュガーお願い。あ、凛子ちゃんの分もね」

「ちょっと！　何、勝手に――」

「大丈夫。凛子ちゃんの分は俺のおごりだから」

「そういう意味じゃなくて！　晴人くんに成りすまして何企《たくら》んでるの⁉」

「成りすますも何も、俺は本物の操真晴人さ」

私はだんだん腹が立ってきた。晴人くんとの関係がおかしくなったのは、元はと言えば彼のせいなのだ。

「どうやったらあなたが消えるのか教えなさい！」

「おいおい、俺が消えたら悲しくなるのは凛子ちゃんだぜ」

「どうして私が？」

「え⁉　操真晴人が消えて悲しくないの⁉」

「悲しいに決まってるでしょ」

「なら、俺を消しちゃダメでしょ。俺、操真晴人なんだから」

「だからあなたは――」

「やだっ！　ラブシーン⁉」

割り込んだ店長の声で我に返った。言い争いながら知らぬうちに立ち上がっていたらしい。私の鼻は、もう一人の晴人くんの鼻とぶつかりそうなくらいに迫っていた。

店長が運んできたドーナツをテーブルに置きながら、いやらしく笑った。

「あ、ゴメンね、邪魔しちゃって〜。けど、よかったわ。仲直りしたみたいで〜。冷たく別れたと思いきや、戻ったとたんに熱いキッス……や〜ん！　ロマンチックぅ〜！　あらヤダ。私が盛り上がっても仕方ないわよね。さ、さ。どうぞ、ごゆっくり〜」

店長は、晴人くんが入れ替わっている事にまったく気づいていないらしい。勝手に物語を作って勝手に盛り上がり、腰をくねらせながら楽しそうに去っていった。

「だって。ゆっくり座れば」

もう一人の晴人くんがニヤニヤしながら私を見た。

彼と一緒にいるのは嫌だったが、放っておけば何をしでかすかわからない。私は乱暴に息を吐き、ドカッと椅子に腰かけた。

「何イライラしてんの？」

「全部あなたのせいよ！」

「なんで？」

「なんで⁉　あのねえ、あんたのせいで晴人くんと――」

私はそこまでしゃべって口をつぐんだ。晴人くんとの事が彼に知れたら、きっとろくでもない事になる。

が、すでに手遅れだった。

「ははあん……奴と何かあったな？」

もう一人の晴人くんが興味深げに私の顔を覗《のぞ》き込んだが、私は黙っていた。

「奴の事だ。一人でウジウジ落ち込んだあげく、心配してくれた凛子ちゃんを突っぱねたんだろう」

まるでさっきのやりとりを見ていたかのような彼の言葉に私は目を丸くした。

彼は、そんな私の反応を楽しむように笑って言った。

「奴の事は手にとるようにわかる。奴は〝俺〟だからな」

そう言いながら、彼は指にある〝希望《ホープ》〟の指輪に目をやった。

「ま、あれを聞いて落ち込むなってほうが無理な話だろうがな」

さっきの晴人くんの様子は、やっぱりもう一人の晴人くんに関係があったのだ。私は尋ねた。

「晴人くんと何があったの……？」

彼は隠すでもなく、二人のあいだに起こった事を話し始めた。


「……そんな」

彼の話で私は目の前が真っ暗になった。

二人が戦ったのが過去の時間で、しかもコヨミちゃんが消えた日だという事。

もう一人の晴人くんの誕生を導いたのが、ココミちゃんだという事。

驚くべき事は山ほどあった。

けれど、一番ショックだったのは、もう一人の晴人くんの言葉に衝撃を受けたであろう晴人くんの気持ちも知らず、私が無神経に自分の気持ちを伝えてしまった事だった。

「凛子ちゃんも……そっちか」

晴人くんの言葉が今になって重くのしかかる。

あれは、「もう一人の晴人くんの言葉が晴人くんの心なら」という私に対して彼が返した言葉だ。私は、それを「それが晴人くんの本心なら」という意味で言ったつもりだった。が、彼はおそらくそうは思わなかっただろう。ココミちゃんと同じように、私がもう一人の晴人くんのほうを選んだと思ったに違いない。

「なんにも知らないで……私、晴人くんになんて事を」

取り返しのつかない事をしてしまったという思いで胸が苦しくなった。

「凛子ちゃんは何も悪くない。奴の事は自業自得さ」

もう一人の晴人くんが言った。

「奴には人の心がわからないのさ。すべてを受け止めるなんて調子のいい事言ってるが、結局誰の心も受け止められない。ココミの寂しさも。凛子ちゃんの優しさも。そんな奴のために凛子ちゃんが落ち込む事はないさ」

彼は私をまっすぐに見て言った。

不思議な感覚だった。なんだか本当に晴人くんに励まされているような気がした。

彼は晴人くんを困らせている元凶で、私を惑わす天敵のはずなのに、どうして彼の言葉はこうまっすぐに入ってくるのだろう。彼の言葉がまっすぐなのは、彼がやはり〝本物〟の晴人くんで、その言葉もまた嘘のない本物だからという事なのだろうか。

「だからさ、奴の事はすっぱり忘れて、俺とうまくやっていこうぜ」

「はあ⁉」

私は拍子抜けした。彼の言葉に一瞬元気になりかけた自分が馬鹿みたいだった。

「俺達、けっこううまくいくと思うんだけどな」

もう一人の晴人くんがぬけぬけと言った。

「どうしてよ」

「俺には凛子ちゃんを悲しませない自信があるッ！」

子供のように頬を膨らませた彼が両手を腰に当て、エヘンとポーズをとった。

「何よそれ」

私は思わず吹き出した。

「そうそう。凛子ちゃんはそうやって笑ってるほうが似合ってる」

彼が笑顔で私を見た。不覚にもその顔にドキッとなった。

彼の言動にむかつくならともかく、ドキドキする自分がいる事が本当に情けないと思うが、その笑顔はこれまで見た彼の不敵な笑顔とは明らかに違っていた。なんというか、ホッとしたときに出るような、ごく自然な笑顔に見えたのだ。

という事はまさか……今の冗談は私を笑わせるために？　落ち込んでる私を元気づけようと……？　さっきの励ましも本当に私を気遣って……？

考えてみれば、彼も晴人くんなのだ。彼が影の部分だからといって、問題ばかりの人間とは限らない。私は、彼を見た。

口いっぱいにドーナツをほおばる彼はまるで無邪気な子供のようだった。

(彼は自分に正直なだけで、案外悪い人ではないのかも知れない)

……なんとなくそう思った。

「ところでさ」

ドーナツを飲み込んで一息ついた彼が、私に話しかけた。

「凛子ちゃんに改めて聞きたい事があるんだけど」

9章

——白い魔法使いが俺に衝撃波を放った。

俺はまともに食らい、地面に叩きつけられた。

「ハハハ！　さあ、指輪の魔法使い。その手で心の支えをぶっ壊せ、絶望しろ！　早くドラゴンを生むのだ！」

白い魔法使いの後ろで笑っているのは、ファントム・オーガだ。

俺の目の前に再び現れた白い魔法使い——それは、オーガが俺から奪った〝希望《ホープ》〟の指輪で甦《よみがえ》らせた……ココヨミだった。

オーガに操られた彼女の攻撃は容赦ない。だが反撃する事はできない。心を失っているとはいえ相手はココヨミなのだ。

それはオーガの作戦だった。奴の狙いは、俺を絶望させ、ドラゴンを生み出させる事。

ココヨミを殺して絶望するか？　彼女が人々を殺戮《さつりく》するのを見て絶望するか？

どちらを選んでも俺が絶望する……奴が周到に仕組んだ卑劣な策略だった。

究極の選択を迫られ、俺は捨て身の賭けに出た。

白い魔法使い——ココヨミの攻撃をかいくぐり、彼女の手をとった。

「覚えてるよなココヨミ！　俺達が初めて会ったときの事！　大勢の人達が巻き込まれて死んだあの儀式……助かったのは俺達だけだった！」

俺は変身を解き、彼女を抱きしめた。そして心に訴えかけた。

「あのとき、挫《くじ》けずにいられたのはコヨミがいたからなんだ」

「放せ！」

「一人じゃなかった。生き残ったのは俺だけじゃなかった。それだけで俺、どんだけ救われたか」

「放して……！」

彼女の抵抗する力が徐々に薄れていく。俺は彼女をさらに強く抱きしめた。

「コヨミは俺に救われたって言ってくれたけど、俺もコヨミに救われたんだ。だから……」

俺は胸の中に溢《あふ》れ出したありったけの気持ちを彼女にぶつけた。

「どんなお前でも、どんなお前になっても俺が必ず守る！　俺の信じる本物のお前を！

コヨミ!!」

その刹那《せつな》、白い魔法使いの体が温かい光に包まれた。

光が消えると、そこには元の姿に戻ったコヨミがいた。

「ありがとう晴人。私も信じてる。どんな私になっても」

心を取り戻したコヨミが俺に優しく笑いかけた。

――そこで、ハッと目が開いた。

目の前に広がる空には日差しを遮《さえぎ》る雲もない。

俺は眩《まぶ》しさに目を細めながら、ゆっくりと体を起こした。

この数日の疲れが一気に出たらしい。俺は、何気なく座った公園の芝生で、いつのまにか眠り込んでしまったようだ。

「夢か……」

顔に両手を当て、〝希望《ホープ》〟の指輪を奪われたのが、これで二度目だという事を改めて思い返した。

一度目はオーガ、二度目はもう一人の〝俺〟……今見た夢は、その一度目。実際に起きた事だった。


あれは旅の途中の出来事だった――。

コヨミとの約束どおり、俺は、ソラから取り返した賢者の石――〝希望《ホープ》〟の指輪を、誰も知らない、誰の手にも届かない、どこか遠いところに置きにゆこうとしていた。

そこに現れたのがオーガ――最強最悪のファントムだった。

食らったファントムをすべて血肉にし、その能力を自分の力にできる奴は、次のターゲットとして、俺を——俺の中にいるドラゴンを狙ってきた。

奴との戦いのさなか、俺は不覚にも〝希望《ホープ》〟の指輪を奪われてしまった。必死に取り返そうとする俺を見て奴が笑った。

「これは貴様の心の支えってやつか。そうか、ならばぞんぶんに利用させてもらおう。貴様を絶望させ、ドラゴンを生んでもらうためにな」

かくてコヨミは甦り、奴の尖兵《せんぺい》となって俺に襲いかかってきたのだ——。


「あの化け物を生んだのは貴様だ。貴様の未練があの女を甦らせた」

俺の中に、あのときのオーガの言葉が甦ってきた。

奴の言葉はある意味当たっていた。俺はあのとき、指輪をどこかに置きに行くつもりだった。なのに俺の未練がそれを先延ばしにし、なかなか指輪を手放す事ができずにいたのだ。

考えてみれば、今回の事もオーガのときとなんとなく似ているような気がする。が、オーガのときと違ってわからないのは、今回は誰の想いが〝希望《ホープ》〟の指輪に作用しているのかという事だ。

オーガが言うとおり、あのとき復活したコヨミが俺の未練から生まれたものだとしたら……。

そして、もう一人の〝俺〟が言うように、〝希望《ホープ》〟の指輪が持ち主の望みを叶える指輪だとしたら……。

今回のもう一人の〝俺〟は、誰の想いが生んだものなのだろう。

心の奥底に眠っていた俺自身の想いか……？

それとも、この世で再び生きたいと願うコヨミの想いか……？

もう一人の〝俺〟は、コヨミに導かれて表に出られたと言った。それが本当の事なら、奴はコヨミの想いによって生まれたもう一人の〝俺〟という事になる。

オーガから〝希望《ホープ》〟の指輪を取り戻したとき、俺は自分のアンダーワールドに指輪を置いておく事を思いついた。

アンダーワールドは、一言で言えば人の心の一部、その人間の心の支えとなるもっとも強い記憶だ。

俺のアンダーワールドは、俺と、そして皆と、楽しそうに生きているコヨミとの思い出でいっぱいだった。俺が忘れない限りその思い出は決して色褪《いろあ》せる事はない……だから、〝希望《ホープ》〟の指輪となった彼女にとっても、そこがもっとも落ち着く場所だと思ったのだ。

アンダーワールドのコヨミに〝希望《ホープ》〟の指輪を手渡したときの事は、今でもはっきり覚えている。

俺が「これ預かって」と言うと、彼女は「いいけど、なあに」と不思議そうな顔をした。

彼女の指に指輪をはめながら「俺の希望」と言うと、彼女は優しく笑って言った。

「わかった。大事に持ってる」

……と。

そのコヨミが、約束を忘れたというのだろうか……。

それとも奴の言うとおり、彼女は俺ではなく、もう一人の〝俺〟を俺とみなし、救いを求めたのだろうか……。

考えたところでわからない。

が、ひとつだけはっきりしている。〝希望《ホープ》〟の指輪は、今は俺の元にはないという事だ。

なら、これからどうするべきか。

もちろん、俺がすべき事は、もう一人の〝俺〟から〝希望《ホープ》〟の指輪を取り返す事だ。

が、それをコヨミが望んでいないのなら意味はない……。

俺は両手で顔を覆ったまま、さらに深くうつむいた。

芝生の青い香りが地面からあがってきた。いつもなら心が和むこの香りも鬱陶《うっとう》しいと感じてしまうほど、俺の心はすり減っていた。

今の俺には芝生の緑も空の青さもいたずらに眩しいだけで、自分はその中にくっきりと浮かび上がる暗い影のように思えた。

そう、今の俺はまるで……影だ。

影だった奴にすっかり居場所を奪われ、暗い世界に閉じ込められている。そんな気がした……。

暗い気分のまま、時間だけが過ぎていった。

携帯が突然鳴り響いた。

手にとると、着信表示に凛子ちゃんの名が出ている。

彼女には悪い事をした……そう思った。

凛子ちゃんは、俺を慰めようとしてくれた。そして、あれは彼女の告白だった。

彼女の想いが嬉しくないはずはない。なのに、もう一人の〝俺〟との戦いで心がすり減っていた俺には、彼女の想いを受け止める余裕がなかった。それどころか、自分が弱っているところを見せたくなかった俺は、彼女の好意を無下に突っぱねてしまったのだ。

彼女になんと言えばいいかわからない。が、もう一度話すチャンスがあるなら……。

(せめて詫《わ》びるだけでも)

俺は大きく深呼吸をし、電話に出た。

「ヨッ」

電話の向こうから聞こえてきたのは、男の声だった。

「俺が誰だかわかるよな」

奴の、もう一人の〝俺〟の声……一瞬にして背筋が凍りついた。

「どうしてお前が⁉」

「これが凛子ちゃんの電話って事は、どういう事かわかるよな……？」

「凛子ちゃんはッ！」

俺は怒鳴った。

凛子ちゃんの身に何かが起こっている。しかも、それは最悪の事態かも知れない。

明らかに俺の油断のせいだ。俺は、自分の事に精一杯で、彼女が狙われていた事をすっかり忘れていた。

「気になるならたしかめに来いよ」

やけに陽気な奴の声に、焦りは最高潮に達した。

俺は場所を確認してすぐに電話を切り、バイクに飛び乗った。


奴が指定した場所は、街はずれの廃工場だった。

崩れかけた屋根に割れたガラス窓、薄汚れた壁に囲まれた屋内からは、古い油の臭いと埃《ほこり》っぽい臭いとがした。

（こんなところに凛子ちゃんを連れ込むとは……）

なんともいえない不快感が込み上げてきた。俺は、怒りに任せて錆《さ》びついたドアを乱暴に蹴飛ばした。

中に入ると、床には廃材や錆びた機械のパーツが散乱しており、奥にあるドラム缶の上に、もう一人の〝俺〟がいるのが見えた。

「ヨッ」

奴が悪びれる様子もなく手をあげた。

「凛子ちゃんはどこだ！」

「焦るなよ。がっつく男は嫌われるぜ」

俺は奴に詰め寄り、襟首を摑《つか》んだ。

「彼女は無事なんだろうな」

奴はニヤつきながら言った。

「無事っていうのはどこまでの事を言うんだ？」

俺の怒りは爆発した。

俺は、力任せに奴をドラム缶から引きずり下ろした。その勢いでドラム缶が倒れ、大きな音が響き渡った。

地面にくずおれた奴の背中を俺は力いっぱい踏みつけた。

奴はウッとうめいたが、それでも軽口を叩くのをやめようとしない。

「ずいぶん乱暴じゃねえか。いつもの晴人くんらしくないぜ」

「もし彼女に何かしたなら……」

俺は奴を踏む足にさらに力を込めた。奴は苦しそうに答えた。

「心配するな。彼女には指一本触れちゃいない」

「本当だろうな？」

「ああ。俺はお前と違って嘘や隠し事は大嫌いだからな」

相変わらず癇《かん》に障る。俺は苛立《いらだ》ちに任せ、奴を思い切り蹴飛ばした。

「彼女はどこにいる……？」

「別のところでおとなしく待っててもらってる」

奴はそう言って、ゆっくりと立ち上がった。

俺は奴が立ち上がりきるのを待たずに言った。

「案内しろ」

「それはこれからの話次第だ」

奴はもったいぶるように体の埃をゆっくり払い、改めて俺を見た。

「お前の言うとおり、過去を取り戻そうとするのに意味がない事はよ～くわかった」

奴は〝希望《ホープ》〟の指輪をはめた拳を突き出した。

「が、〝希望《ホープ》〟の指輪は俺の手にある。コヨミの事はこれからゆっくり考える事にした。となると、あとはお前の事と……凛子ちゃんの事だ」

奴の目が挑戦的に光った。

「俺達の決着をつけるには、どちらが凛子ちゃんを――」

「彼女は関係ない！」

俺はきっぱり言った。

「関係ないとはどういう事だ……？」

「俺とお前の事に凛子ちゃんは関係ない。お前が勝手に巻き込んだ」

「俺の想いはお前と同じはずだ」

奴は自信たっぷりに言った。

（やはりそうか……）

俺には奴の考えが読めていた。

奴は自分と同じように俺が凛子ちゃんを求めていると思っている。それゆえ、凛子ちゃんを連れ去り、俺の動揺を誘っているのだ。

黙っている俺をからかうように奴は続けた。

「隠したってわかるぜ。お前は俺だからな」

俺は奴を睨《にら》み返した。

「お前と俺は違う。俺は凛子ちゃんを傷つけるような真似は絶対にしない」

「そうかな？　知らないうちに傷つけている事もあり得るぜ」

奴の言葉を突っぱね、俺は毅然《きぜん》と言った。

「俺は凛子ちゃんに何もしていないし、何もするつもりはない。これからもな。お前なら、俺が何故そう言うのかわかるはずだ」

魔法使いとなってしまった自分に彼女を想う資格はない——そう決めた。だからこそ、これ以上俺のせいで彼女を振り回すわけにはいかない。俺はそう思っていた。

「お前は……自分が傷つくのが怖いんだ」

奴が静かに言った。

「彼女を気遣うふうを装いながら、本当は自分が受け入れてもらえないかも知れないと怯《おび》えている。だから何もせずにいるんだ」

「そんな事はない。俺は——」

「いや！」

俺が反論するより大きな声で奴が遮った。

「お前はそうやっていつも自分を正当化する理由を探している。自分を守るために」

「違う」

「そのくせ、人の優しさは都合よく利用する。適当に仲良くし、適当に距離をとる。自分が傷つかないように、人に踏み込まず、人にも踏み込ませない。そうやって凛子ちゃんの優しさも利用して――」

「黙れッ！」

俺の叫び声が、薄汚れた工場の壁に跳ね返り、こだました。

「怒るところを見ると図星のようだな」

奴がニヤリと笑った。

いつのまにか奴のペースに巻き込まれている……俺は気を取り直し、奴を改めて睨んだ。

「とにかく、連れ去った凛子ちゃんは解放しろ。これ以上彼女を巻き込むな」

「あくまで彼女に想いはないと……？」

「そうだ。だから俺を苦しめるために凛子ちゃんを利用しても意味はない」

「ならどうしてここに来た？」

「彼女は俺の大事な仲間だ」

「仲間……？」

奴が目を細めた。

「そうだ。大事な仲間だから助けに来た。それ以上でもそれ以下でもない」

その言葉に嘘はない。彼女は俺にとって大事な仲間……これまでもそう思ってきた。そしてこれからもずっと……。俺は奴のせいでぐらつきかけた気持ちを改めて立て直し、自分に言い聞かせるよう力強く言った。

　奴はしばらく俺を見つめ、小さく息をついた。

「……お前はやっぱり最低だ」

　そう言うと、奴は背後にあるドアノブに手をかけた。

「そんなにはっきり言われちゃ、女の子にその気がなくてもさすがに傷つくぜ」

　奴がドアを開くと、そこに凛子ちゃんが立っていた。

　俺は驚いて奴を見た。もう一人の〝俺〟は笑みを浮かべて言った。

「別のところで待っててもらってるって言ったはずだぜ」

　俺は凍りついた。

　奴の狙いはこれだったのだ。凛子ちゃんの話でわざと煽《あお》り、俺が彼女への想いを否定するように仕向け、それを本人に聞かせるつもりだったのだ。

（違うんだ……！）

　俺は自分の言葉を撤回したかった。すべては凛子ちゃんを守るために言った事だと。

が、それはできない。自分の気持ちを正直に言えば、奴につけ込まれ、俺を倒すために奴はこれからも彼女を利用するだろう。それだけは絶対に避けねばならない。

　俺は何も言えなかった。

「今の全部聞いてたろ？」

奴は得意気に彼女に話しかけた。

「こんな奴のために凜子ちゃんが苦しむ必要はない。乱暴で、臆病で、自分の事しか考えていない、これが凜子ちゃんの知ってるこの男の〝本当〟の姿さ」

凜子ちゃんが黙ってこちらを見つめていた。俺は耐えきれず目をそらした。

「それからな」

もう一人の〝俺〟が続けた。

「お前は俺が凜子ちゃんを連れ去ったと思ってるみたいだが、それは大きな勘違いだ。彼女が俺といるのは……彼女自身の意志だ」

俺は驚き、顔をあげた。

凜子ちゃんが慌てたように口を開いた。

「待って。それは——」

「彼女は俺達を助けようとしてくれたんだ」

奴が凜子ちゃんの言葉をとって続けた。

「お互いによく話し合って欲しい……凜子ちゃんはそう思ってるんだよな」

「……ええ」

凜子ちゃんが小さくうなずいた。

話し合う？　俺と奴が？　一体それはどういう事だ？

何故凛子ちゃんがそんな事を？

だいたい彼女はいつのまに奴とそんな話をするようになったんだ……？

俺は混乱しながら彼女を見た。彼女は黙ったままだ。

「……が、お前は凛子ちゃんのその想いを台無しにした」

奴は〝希望《ホープ》〟の指輪を〝召喚《ドライバーオン》〟に変化させ、バックルにかざした。奴の腰に変身ベルトが現れた。

「待って……！」

と言う凛子ちゃんを奴が目で制した。

「こいつは俺と話す気がこれっぽっちもないみたいだからさ。時間の無駄だよ」

昂《たかぶ》る奴の心に呼応するかのごとく、奴の指輪が〝火《フレイム》〟の指輪に変化した。

「変身！」

赤いウィザードに変身した奴が突っ込んできた。

俺は、混乱する頭を整理できないまま、火の強化形態——真紅のウィザードになって迎え撃った。

奴の攻撃に勢いはあるが、その姿は赤いウィザードのままだ。

どうやら魔力は前と変わらず、強化形態にはなれないらしい。奴には悪いが、魔力の差は歴然だ。これなら勝機は十分にある。

（このまま一気に決着をつけ、こいつのすべてを消し去ってやる！）

俺の渾身《こんしん》の一撃が奴に決まった。

「うがあああ——！」

奴は壁にぶち当たり、床に転げ落ちた。

変身が解け、肩で荒い息をする奴が、俺を恨めしそうに見上げた。

「やるならやれよ。お前の中に戻るくらいなら、ここで消えちまったほうがましだ」

「……フィナーレだ」

これですべてが終わる。俺は、とどめの剣を静かに振り上げた。

「ダメ！」

凛子ちゃんが俺達のあいだに割って入った。

奴をかばうように大きく手を広げ、俺の前に立ち塞がる彼女の姿に俺は自分の目を疑った。

凛子ちゃんが自分の意志で奴と一緒にいるというのは本当の事なのか……？

ココミだけでなく、凛子ちゃんまで奴を選ぶというのか……？

……守ろうとすればするほど、守りたいものが俺の手から離れていく。

俺はショックを隠せなかった。

「……どうして……？」

「ごめんなさい、晴人くん。でも——」

何か言おうとする凛子ちゃんを遮るように、俺の腹にズンと衝撃がきた。

見ると、手を広げた凛子ちゃんの脇の下から、もう一人の〝俺〟の手が突き出て、俺の変身ベルトを掴んでいる。

その手にある指輪が妖しい光を放ち、〝魔力伝達《ブリーズ》〟に変化した。

「ありがとう、凛子ちゃん」

奴が微笑んだ瞬間、全身に衝撃が走った。

「うわあああああ——————！」

ベルトを掴む奴の手を振りほどこうとしたが、腕に力が入らない。入らないどころか、力がどんどん抜けてゆく。奴に魔力を吸い取られているのだ。

「離しなさい！」

凛子ちゃんが奴の手をベルトから引きはがそうとしたが、奴の手はがっちりベルトを掴んで離さない。

「う……ああああ！　……あ……うっ……」

朦朧《もうろう》とする意識の中、凛子ちゃんが奴を必死に押しのけるのが見えた。

奴の手が離れた瞬間、変身が解けた。

が、魔力をほとんど奪われ、立つ事もままならない。俺はそのまま床に倒れた。

「晴人くんッ！」

俺に駆け寄ろうとする凛子ちゃんを奴が後ろに引き戻した。

奴は見せつけるように、倒れた俺の目の前に指輪を突き出した。

「ここまで我慢するのもけっこう大変だったぜ」

……奴は凛子ちゃんではなく、初めから俺の魔力を狙っていたのだ。

魔力の差を考えれば本来負けるはずはなかった。が、凛子ちゃんの事で俺は冷静さを欠いた。奴は凛子ちゃんを巧みに使い、俺をまんまとはめたのだ。

奴は余裕の笑みを浮かべ、再び変身した。

奴の姿は、強化形態――真紅のウィザードになった。

「さあ、改めてショータイムだ」

奴は力のみなぎった腕で俺を軽々と持ち上げた。

「やられた分はたっぷりお返しさせてもらうぜ」

俺は思い切り投げ飛ばされ、壁に叩きつけられた。

「うがッ……！」

体中に痛みと衝撃が走った。

奴は俺の襟首を掴み、腹に何度も膝蹴りを食らわせた。魔力を奪われ、抵抗する力のない俺は奴のなすがままだった。

奴はボロ切れのように俺を放り捨てた。

埃まみれの床にぶっ倒れた俺の目に、二刀流の剣を大きく構える奴の姿がぼんやりと映った。

が、もう目を開けている力もない。俺は薄れゆく意識のままに静かに目を閉じた。

「フィナーレだ」

それが俺の耳に聞こえた最後の言葉だった……。

10章

「凛子ちゃんに改めて聞きたい事があるんだけど」

――思えば、あの言葉がすべての始まりだった。

ドーナツを食べ終えたもう一人の晴人くんが、私の顔を覗《のぞ》き込んだ。

「さっき、俺が消える方法がないか聞いたよな？　あれってなんで？」

「なんでって。晴人くんを助けるために決まってるじゃない」

私が答えると、彼は「俺？」というふうに自分を指差した。

「そうじゃなくて！」

「わかってるって、あっちの晴人だろ」

彼はからかうように笑いながら聞き返した。

「つまり、俺が消えればすべてが丸く収まる……そう思ってるわけだ？」

「そうよ」

「なるほどねぇ……」

冗談を言っていた彼が急に真顔になった。

こういうときの彼には気をつけなければならない。油断してるとうっかり心を奪われてしまう。私は警戒しながら尋ねた。

「それがどうしたのよ……？」

彼は真面目な顔のまま言った。

「残念だが、俺が消えても奴は救えない。それどころか、俺が消滅すれば奴も消滅する」

「え⁉」

私は思わず大声をあげた。晴人くんが消滅……一体どういう事なのだ？

彼は私の目を見つめたまま続けた。

「もともとはひとつだった俺達だ。片方が消滅すればバランスが崩れ、残ったほうも消滅する」

「嘘……」

「ま、あくまで可能性……の話だけどな」

可能性ならば絶対ではない。けれど、晴人くんが消滅する危険性もあるという事だ。

晴人くんが目の前から消える——私の不安は、まさかこの事だったのか⁉

心が一気にざわつき始めた。

「それを防ぐ方法はないの？」

もう一人の晴人くんは「さあな」と興味なさそうに椅子にもたれかかった。

「さあなじゃないでしょ！」

思わずテーブルを叩いた。

「そんなに怒るなよ。俺だって方法はわかんねえんだから」

彼はふてくされたように顔を横に向けた。

私は、彼の態度を見てふと思った。

苛立《いらだ》っているのは、もしかして彼のほうかも知れない。今の話が本当なら、晴人くんと一緒に、彼が消えてしまう可能性もある。その事に気づいた彼自身もじつは不安で仕方がないのでは……。

そんな事を考えていると、しばらく黙っていた彼が再び口を開いた。

「けど……ひとつだけ方法があるかも知れない」

「何？」

食いつく私に彼が答えた。

「俺が奴の中に戻る」

意外な……いや、意外というよりそれは当然な考え、そして盲点だった。

考えてみれば、彼はもともと晴人くんの一部なのだ。ならば彼が元どおり晴人くんの中に収まれば……。

「そんな事できるの？」

「方法はわからない。が、少なくとも話し合いは必要だろうな」

「話し合い……？」

「でないと、どうせまた同じ事が起こる。俺達は相容《あいい》れないからこうなってる」

「なら話し合って」

「それは難しいと思うぜ」

彼は話に飽きたようにテーブルに残っている私の分のプレーンシュガーに手を伸ばした。

「食べないならもらうよ」

私はドーナツをサッと引き、話を戻した。

「どうして難しいの？」

彼は食べ損ねたプレーンシュガーを見ながら、残念そうに言った。

「奴は頑固だからなぁ」

「それはあなたのほうでしょ」

「凛子ちゃんは奴の事がわかってないんだ」

「そんな事——」

「少なくとも俺のほうが凛子ちゃんより奴との付き合いは長い」

彼が自信たっぷりに私を見た。

たしかに……私はどれだけ深く晴人くんの事を知っているというのだろう。そう思うとなんだか言い返せなかった。

「でも……凛子ちゃんがどうしても話し合って欲しいって言うなら考えてもいいぜ」

思わぬ彼の提案に私は目を丸くした。それは、晴人くんを救うのに協力してくれるという意味なのだろうか……??

「が、あくまでそれは凛子ちゃんのため。奴のためじゃない。あとの事は、奴の受け答え次第だ」

彼の目が私を探るように見ている。

もしかするとまた何か企《たくら》んでいるのかも知れない。けれど晴人くんを助ける方法は今のところ思いつかない。他に方法がないのだとしたら……。

「……お願い」

迷った末、私はそう言った。そして続けた。

「ただし条件があるの。その話し合いに私も立ち会わせて」

彼はフッと笑った。

「なるほど。けど、俺達が話し終わるまで凛子ちゃんは口出し無用。それでもいいかい?」

「わかった」

「じゃ、携帯貸して」

「え?」

「奴に連絡するのさ。こういう事は早いほうがいい」

彼は、私の携帯で晴人くんに電話をかけた。

彼は言葉少なに、二人だけに通じるような話し方をした。向こうの晴人くんの声は聞こえなかったが、話は通ったらしい。

もう一人の晴人くんは、私に電話を返しながらにっこり笑った。

「凛子ちゃんがレフェリーを務めてくれるなら安心だ」


二人の待ち合わせ場所は、街はずれの廃工場だった。

もう一人の晴人くんは、私に隣の部屋で待つよう指示した。

「待って。それじゃ話に立ち会えないじゃない」

「いや、そのほうが奴の本当の気持ちをたしかめやすい」

「え？」

「奴の事だ。凛子ちゃんが前にいると、かっこつけて本音を話さないかも知れないからな」

彼の言う事も一理あった。

今の私と晴人くんのあいだはギクシャクしている。私が目の前にいると、晴人くんが話しづらい可能性はある。けれど、立ち会うと言った手前、ここを離れるわけにもいかない……。

そんな私の心がわかったのか、彼が言った。

「大丈夫。話が聞こえるようにドアは少し開けておくから。凛子ちゃんはその後ろで耳を澄ましていればいい。どの道、俺達の話が終わるまで口出し無用って約束だ。姿の有無はさほど重要じゃないだろ?」

「けど」

「何かあったらすぐ飛び出してくればいい。なんせ凛子ちゃんはレフェリーなんだから」

彼が笑いながら私の肩をポンと叩いた。その言葉で迷いが消えた。

そうだ。私はそのためにここに来たのだ。晴人くんに何かあったらすぐに手をさしのべられるように。いや、その何かが起こるのを防ぐために。

私はドアの向こうにまわり、晴人くんが来るのを待った。


しばらくすると、人が入ってくる気配がした。

「凛子ちゃんはどこだ!」

晴人くんの声だった。

もう一人の晴人くんが晴人くんに話しかけたが、思いのほか声がよく聞こえない。私は姿が見えぬよう気をつけながら、少し開いたドアの隙間に顔を寄せようとした。

そのとき、ガシャンと何かが倒れる音がした。慌てて隙間から覗き込むと、倒れたドラム缶の前で、晴人くんが晴人くんを踏みつけているのが見えた。

晴人くんに危険が迫っていると思った私は思わず飛び出しそうになった。

が、「ずいぶん乱暴じゃねえか。いつもの晴人くんらしくないぜ」という言葉で足を止めた。踏まれているのはもう一人の晴人くんのほうで、踏んでいるほうが晴人くんだとわかったからだ。

「もし彼女に何かしたなら……」

怖い顔をした晴人くんが、もう一人の晴人くんをさらに踏みつけた。

私は自分の無事を知らせようとドアを開けようとしたが、踏みつけられているもう一人の晴人くんが制するようにこちらを見た。

(今出て来たら話し合いはお流れだ)

彼の目がそう言っている。

躊躇《ちゅうちょ》する私にかわるように、彼は晴人くんに言った。

「心配するな。彼女には指一本触れちゃいない」

「本当だろうな?」

「ああ。俺はお前と違って嘘や隠し事は大嫌いだからな」

皮肉る彼を晴人くんが蹴り飛ばした。

「彼女はどこにいる……?」

「別のところでおとなしく待っててもらってる」

もう一人の晴人くんが、晴人くんにわからないよう再び私を見た。

話し合いを台無しにするわけにはいかない。私はドアの後ろに改めて身を潜めた。

二人の話が始まった。

今度はドアのギリギリに耳を寄せているのでよく聞こえてくる。

もう一人の晴人くんは、過去を取り戻す事に意味がない事がわかったと話し、あとは晴人くんと私の事だと続けた。

そして、「俺達の決着をつけるには、どちらが凛子ちゃんを――」と、彼が言いかけたときだった。

「彼女は関係ない！」

晴人くんがひときわ大きな声で叫んだ。私の胸に小さな痛みが走った。

その言葉が、私を守るために言ってくれたものだという事は当然理解できた。が、理解とは別のところで、「関係ない」という言葉が今の私にとって違った意味に聞こえたのだ。

「関係ないとはどういう事だ……？」

もう一人の晴人くんが尋ねた。私は、晴人くんの答えに耳を澄ました。

「俺とお前の事に凛子ちゃんは関係ない。お前が勝手に巻き込んだ」

「俺の想いはお前と同じはずだ」

晴人くんはそれには答えない。もう一人の晴人くんがさらに続けた。

「隠したってわかるぜ。お前は俺だからな」

「お前と俺は違う。俺は凛子ちゃんを傷つけるような真似は絶対にしない」

「そうかな？　知らないうちに傷つけている事もあり得るぜ」

「俺は凛子ちゃんに何もしていないし、何もするつもりはない。これからもな。お前なら、俺が何故そう言うのかわかるはずだ」

晴人くんの誠意ある言葉が嬉しかった。が、同時にショックでもあった。

「何故そう言うのか」――私も知りたいその答えをもう一人の晴人くんが口にした。

「お前は……自分が傷つくのが怖いんだ。彼女を気遣うふうを装いながら、本当は自分が受け入れてもらえないかも知れないと怯《おび》えている。だから何もせずにいるんだ」

「そんな事はない。俺は――」

「いや！」

弁解しようとする晴人くんを、もう一人の晴人くんが大声で遮《さえぎ》った。そして、攻撃するように激しくまくしたてた。

自分を守るために自分を正当化する理由を探していると。人の優しさを都合よく利用すると。自分が傷つかないように人に踏み込まず、人にも踏み込ませないと。

「黙れッ！」

押し寄せる言葉の洪水に抗《あらが》うように、晴人くんが大声で叫んだ。それは、今まで聞いた事のない感情的な声だった。

晴人くんの孤独がどれほど深いものなのか……痛いほど伝わってきた。が、その孤独を埋める存在が自分でない事もはっきりとわかり、胸が詰まった。

「とにかく、連れ去った凛子ちゃんは解放しろ。これ以上彼女を巻き込むな」

晴人くんの声が再び聞こえてきた。

もう一人の晴人くんがまた尋ねた。

「あくまで彼女に想いはないと……?」

「そうだ。だから俺を苦しめるために凛子ちゃんを利用しても意味はない」

もうやめて——私は思った。

私の話はもういい。それより早く二人が元に戻るための話を……いたたまれなくなった私は、ドアを開こうとノブに手をかけた。

そのとき、もう一人の晴人くんが質問した。

「ならどうしてここに来た?」

「彼女は俺の大事な仲間だ」

晴人くんの言葉に、私の体が凍りついた。

念を押すように、晴人くんがもう一度はっきり言った。

「大事な仲間だから助けに来た。それ以上でもそれ以下でもない」

どうしてだろう。本当ならもっと喜んでいいはずなのに。本当ならその気持ちにもっと感謝しなきゃいけないはずなのに……どうしてこんなに悲しいんだろう。

大事な仲間——最高の賛辞であるはずのその言葉は、鋭いナイフとなって私の心を残酷にえぐった。

二人の会話はその後も続いたが、立ち尽くす私の耳には何も入ってこなかった。

と、突然ドアが開いた。

ハッと顔をあげると、目の前に晴人くんが見えた。

「今の全部聞いてたろ?」

もう一人の晴人くんが私に声をかけた。

完全な不意打ちだった。彼が続けて話しかけてくるがまったく耳に入らない。私はただ、向こうにいる晴人くんを見つめる事しかできなかった。

「彼女が俺といるのは……彼女自身の意志だ」

その言葉で我に返った。

「待って」

私は慌ててもう一人の晴人くんを制した。彼は「それは——」と続ける私の言葉をとって説明した。

「彼女は俺達を助けようとしてくれたんだ。お互いによく話し合って欲しい……凛子ちゃんはそう思ってるんだよな」

彼の言う事に間違いはない。私は思わず「……ええ」と答えた。

が、それでは説明が不十分だ。私は必死に説明の言葉を探したが、うまく頭が回らない。そのうちに事態はどんどん進んでゆき、私の想いを台無しにしたと、もう一人の晴人くんが晴人くんに対し、戦いの構えをとった。

「待って……！」と前に出ようとする私を彼が制した。

「こいつは俺と話す気がこれっぽっちもないみたいだからさ。時間の無駄だよ」

もう一人の晴人くんは変身し、晴人くんに襲いかかった。晴人くんも変身し、それを迎え撃った。

激しく戦う二人のあいだに割り込む余地はもうなかった。私は、戦いを防げなかった自分の力のなさに苛立った。

決着はあっという間についた。強化形態に変身した晴人くんが、圧倒的な力でもう一人の晴人くんを打ち負かしたのだ。

変身が解け、肩で荒い息をするもう一人の晴人くんが、晴人くんを恨めしそうに見上げて言った。

「やるならやれよ。お前の中に戻るくらいなら、ここで消えちまったほうがましだ」

彼が消滅すれば、晴人くんも消滅してしまう——私の頭の中をあの話が駆け巡った。

「……フィナーレだ」

その事を知らないであろう晴人くんが、とどめの剣を振り上げた。

「ダメ！」

私は二人のあいだに飛び出した。

もう一人の晴人くんを斬らせまいと、晴人くんに向かって大きく手を広げた。

「……どうして……？」

事情を飲み込めないのだろう。晴人くんが信じられないというように声をあげた。

この行動が誤解を招く事は承知の上だ。それでも、晴人くんを守りたくて必死だった。

私は、今度こそ自分の口からすべてを説明しようと、改めて晴人くんを見た。

「ごめんなさい、晴人くん。でも——」

その言葉を遮るように、ウィザードに変身している晴人くんのベルトを、もう一人の晴人くんの手が摑《つか》んだ。

驚いて振り返ると、倒れていたはずの彼が体を起こし、不敵な笑みを浮かべていた。

「ありがとう、凛子ちゃん」

彼がそう言った瞬間、晴人くんの体が雷に撃たれたように激しく震え出した。苦しみもがく彼のベルトを摑むもう一人の晴人くんの指で〝魔力伝達《フリーズ》〟の指輪が妖しく光っているのが見えた。

(晴人くんの魔力が奪われている……!?)

「離しなさい!」

もう一人の晴人くんの手を引きはがそうとしたが、彼の力は強く簡単にはずれない。そのうちに苦しむ晴人くんがどんどん弱っていく。私は、ありったけの力を込めて、もう一人の晴人くんにタックルした。

彼をようやく引き離して振り返ると、変身が解け力尽きた晴人くんが床に倒れているのが見えた。

「晴人くんッ!」

駆け寄ろうとした私は、もう一人の晴人くんにものすごい力で引き戻された。

「ここまで我慢するのもけっこう大変だったぜ」

彼はそう言うと、ウィザードの強化形態に変身し、生身の晴人くんを嬲《なぶ》り始めた。

そこでやっと気がついた。

彼の——もう一人の晴人くんの狙いが、晴人くんの魔力だったという事を。

私は、そんな事も気づかず、晴人くんをおびき出す手助けをしてしまった。私が晴人くんをピンチに追い込んでしまったのだ。

悔しさと情けなさと申し訳なさで涙が出そうになった。

いや、泣いている場合じゃない。どんな事があっても晴人くんを助けなければ……。

「フィナーレだ」

ボロボロになった晴人くんを床に放り捨てた真紅のウィザードが二本の剣を大きく構えた。

私は再び二人のあいだに飛び出し、剣を構える真紅のウィザードを睨《にら》みつけた。

「どいてくれ、凛子ちゃん」

「嫌よ」

「そいつを消さないと、俺は本当の〝俺〟になれない」

「そんな事をしたら、あなたも消えるかも知れないのよ。それでもいいの？」

「それはあくまで〝可能性〟だ。本当にそうなるかは誰にもわかりゃしない」

「……騙《だま》したのね。全部」

「まさか。俺はそいつと違って、嘘や隠し事は大嫌いだ」

真紅のウィザードはそう言いながら変身を解いた。

「俺の言葉はいつも本当さ」

もう一人の晴人くんの目が、痛いくらいまっすぐに私を見た。

「それを聞いてどう思うかは相手次第。そこまでは俺の責任じゃない。……だろ？」

彼の言葉はもっともだった。もっともなだけに頭にきた。それは彼にではない、彼の言葉に翻弄《ほんろう》され、結果彼の思惑どおりに動かされてしまった自分にだ。

彼はおそらく、そんな私の心の弱さを見抜いていた。その上で、晴人くんを倒すために私の想いを利用したのだ。

「凛子ちゃんにもわかったはずだ。身を挺《てい》して守るほどの価値は、そいつにはない」

もう一人の晴人くんが冷たく言いながら前に出た。

私は彼を睨んだまま大きく手を広げた。

「なんでだ……?」

彼が眉を寄せた。

「そいつは凛子ちゃんを否定したんだぞ」

「……そうね」

「それでも助けるのか……?」

「そうよ」

「奴とこの先結ばれる事がないとわかっててもか?」

「そうよ!」

何を言われようと、絶対に引き下がるつもりはなかった。

「どうしてだ!」

彼が大声をあげた。

「どうしてそこまで想える⁉　こんな奴、ほっとけよ！　どうせこいつは、どこまでいっても一人だ。なんでも一人で考え、なんでも一人で決める。人の気持ちなんかお構いなしのひでえ奴なんだ。今までだってこの俺を抑え込み、否定し、なんでも一人でやってきた。こいつは、誰かと結びつく事のできない、一人ぼっちの寂しい野郎なんだよ！」

「……だからよ」

私は静かに言った。

何故、晴人くんに惹《ひ》かれるのか……その理由が改めてわかった。私は、一人ぼっちで戦う彼の姿に自分を重ねていたのだ。

私が刑事になると決めたとき、周囲は皆反対した。昔に比べ、女性の社会進出が認められてきたとはいえ、危険のともなう警察の仕事に女は向かないと誰もが言った。その反対を押しきって、私は刑事になったのだ。

が、刑事になって、その大変さが身に沁《し》みた。

刑事の世界は思っていた以上に男社会で、すべてが男並みを要求される。警察といえども勤めているのは普通のおじさん達と変わらない。セクハラまがいの事も日常茶飯事で、女刑事の居場所は思った以上に狭かった。

そんなものに負けてたまるかと私は頑張ったが、意地を張るほど壁にぶつかり、頑張るほど空回りし、気がつくといつも一人ぼっちでため息をついていた。

そんなとき、晴人くんと出会ったのだ。

彼は、ファントムに立ち向かう事のできる魔法使いとして、たった一人で戦っていた。

私はその後ろ姿に何か切ないものを感じ取った。この人が本当に戦っているのは、目の前の敵ではない、自分を取り巻く孤独なんだと……。

似た者同士──その思いが私の中に強く刻まれた。

そして〝思い〟はいつしか〝想い〟となり、大きく膨らんでいった。

私は、もう一人の晴人くんを見つめ、改めて言った。

「一人ぼっちだから放っておけないの……そんな操真晴人という人が」

彼の顔にみるみる怒りの色が浮かんだ。

もう一人の晴人くんは私を押しのけ、晴人くんに迫った。

私は彼にしがみついた。

「やめて！」

「こいつを消し、この俺こそが操真晴人だって事を証明する！」

「晴人くんが消えても、私があなたを選ぶとは限らないわ！」

「！」

もう一人の晴人くんが怖い顔で私を睨んだ。

私は彼の目を睨み返した。知らないうちに目に涙が溢《あふ》れていた。

「勝ったってのに……なんなんだ、この気分は」

彼は舌打ちし、気を失い倒れている晴人くんを見た。

「凛子ちゃんに礼を言うんだな……」

彼は背を向けて歩き去った。

私は、意識を失った晴人くんを抱きかかえながら何度も叫んだ。

「晴人くん！　……晴人くんッ！」

晴人くんは答えない。その目は死んだように固く閉じられていた……。

11章

そこは真っ暗な世界だった……。
気がつくと、俺はその中に漂うように浮かんでいた。
上も下もわからない。まわりには暗い闇が広がっているだけだ。
（俺は死んだのか……）
俺は〝俺〟に負けた。そして、すべてを奪われた。
守るべきものも……、
想いをかけるものも……、
誰かを救う力も……、
俺にはもう何もない。
俺は無力で、ちっぽけで、そして、一人ぼっちだ。
思えば、親を失ってからずっとそうだった。
俺を愛してくれた父さんと母さんは事故で死んだ。
一緒に事故にあった俺だけが助かった。
包帯だらけでベッドに横たわる父さんと母さんは、俺の目の前で息を引き取った。
俺は何もできなかった。子供の俺に二人を助ける力などなかった。
俺は無力で、ちっぽけで、そして……一人ぼっちになった。
全快して学校に戻ったあともそれは同じだった。

一人生き残ったつらさは想像以上だった。

皆と同じように笑ったり、騒いだりしても、ふとした事で親がいない事を自覚する。自分が皆とは違う事を思い知らされる。

そのうち俺は、あまり人の輪に入らないようになった。そうしないと、小さな自分の心が押しつぶされてしまいそうだった。

俺は無力で、ちっぽけで、そして、一人ぼっちだった。

そんなとき、サッカーに出会った。

ボールを追っているあいだはすべてを忘れられた。俺はのめり込んだ。朝も、昼も、夜も、夢中でボールを追いかけた。

それは俺の力となり、いつしかプロを目指すチームのメンバーになっていた。

仲間やライバルもできた。充実した日々だった。

が、悲劇はまた起きた。

代表を選抜するセレクションで、俺はライバルでもある友人に大けがを負わせてしまった。

将来を嘱望《しょくぼう》されていた奴は、再起不能と言われるほどの重傷だった。俺は、大事な友の夢を奪ってしまった。

奴は責めなかったが、まわりの目は冷たく、厳しかった。

奴の夢をかわりに叶えようと、俺は頑張った。が、代表には選ばれなかった。俺は自らチームを去った……。

俺は無力で、ちっぽけで、また……一人ぼっちになった。

サバトに巻き込まれたのはそのあとだ。

そこでも俺は一人だった。一人だけ生き残り、魔法使いになった……。

だからコヨミの存在が嬉しかった。今になって思えば事実は違うが、あのときは自分の他に生き残った者がいる事がたまらなく嬉しかった。

だから決めた。コヨミを守ると。手に入れた力で、彼女を守り抜くと。

戦いの中で仲間もできた。

瞬平、輪島のおっちゃん、仁藤、木崎、真由ちゃん、譲、山本さん……。

そして……凛子ちゃん。

彼女の明るさと優しさが、俺の心に安らぎを与えてくれた。

皆を守り、皆と助け合う事で、自分が一人じゃない事を実感できた。

が、俺にはもう何もない。

守るべきものも……、
想いをかけるものも……、
誰かを救う力も……、

それはすべて、もう一人の〝俺〟が持っている。

俺はやはり、無力で、ちっぽけで、そして……一人ぼっちだ。

それどころか、俺はもう、俺ですらないのかも知れない。

ふと……小学校の担任の先生の言葉が思い浮かんだ。

「無理して一人で抱え込んでると、そのうち自分の大事なものを腐らせちまうぞ」

俺の孤独を見抜き、心配してくれた先生の言葉だ。

もう一人の〝俺〟の出現を、俺は一人で抑え続けた。結果、俺は大事なものを失い、心は腐り果てた。もう一人の〝俺〟は、そんな俺にとって代わるように活《い》き活《い》きと動き、腐った俺は忘れ去られるがごとく闇に溶けてゆく……。

暗い闇の中に漂いながら、俺は自分の命の終わりを感じていた。

が、不思議と悲しくはなかった。むしろ一切のわずらわしい事から解放され、心が軽くなったような気がする。

(死とはこういうものかも知れない)

俺はゆっくりと目を閉じた。

「……操真晴人」

どこからともなく声がした。

俺の中で生きるファントム——魔力の源であるドラゴンの声だ。

「久しぶりだな。照れてないで、顔見せろよ」

「俺の力はほとんど奪われ、姿形を失った」

「それは悪かった。今度生まれ変わるときは迷惑かけないように気をつけるよ」

俺はおかしくなった。

一人になったと思っていた自分のそばにまだ残っていたものがあった。しかもそれが、俺の絶望を虎視眈々《こしたんたん》と狙うファントムとは。

「で？　お前が出て来たって事は、俺が絶望するのを見極めに来たのか？」

「そのつもりだった」

冗談の通じないドラゴンが低い声で言った。

「だが……お前の心に絶望の影は見えない」

「絶望する間もなく死んじまったみたいなんでな」

「なら。なぜ俺は、ここにまだある……？」

ドラゴンの言葉が耳にこだました。

俺は自分の胸に手を当てた。

ドラゴンがまだここにある——つまり俺は、まだ生きているという事か……？

「人生において数々の試練に見舞われ、何度も絶望寸前に追い込まれながら絶望しなかったのは何故だ？　そして今また、すべての希望を奪われながら絶望しないのは何故だ……？」

ドラゴンの問いかけに俺は考えた。

ココミ、凛子ちゃん、魔力……たしかに、俺はすべての希望を失った。それでも絶望する事なく、こうしてまだ生き、考える力が残っている。それは何故だ……？

そのとき、どこからともなく風が吹き込み、闇の中に懐かしい匂いが広がった。

プレーンシュガー――俺のお気に入りのドーナツ……食べると、父さんや母さんが目の前で笑っているような温かい気持ちになる、あの匂いだ。

俺は、父さんと母さんの最期の言葉を思い出した。

「忘れないで、晴人。あなたはお父さんとお母さんの希望よ」

俺の手をとってくれた母さんの手のぬくもりが鮮明に甦《よみがえ》る。

「晴人が生きてくれる事が俺達の希望だ……今までも……これからも」

俺の手を握ってくれた父さんの手の大きさがはっきりと甦る。

俺は……父さんと母さんの、希望。

その言葉が、ちっぽけな俺に大きな力をくれた。そのおかげで、何があっても頑張ってこれた。今までも、そして……これからも。

そうだ、俺は簡単に死ぬわけにはいかない！

俺が生きる事――それが父さんと母さんの希望なのだ。俺が生きる限り、父さんと母さんの思い出は消える事はない。ココミの思い出も、凛子ちゃんへの想いも。生きていれば、力を取り戻す事もできる……！

俺の中に再び力が湧いてきた。

俺は姿の見えないドラゴンに向かって叫んだ。

「俺が絶望しないわけを教えてやる！　それは……俺自身が希望だからだ！」

闇の中からドラゴンの笑い声が聞こえた。

「自分自身が希望か……やはり、お前はおもしろい。今しばらく見物させてもらうぞ」

ドラゴンの気配が闇の中に消えた。

俺はカッと目を開いた。

目の前に、瞬平のどアップがあった。

「ワッ！」

「ワアアアアッ！」

お互いの驚く声が合唱のように響き渡った。

あたりを見渡すと、そこはあの廃工場ではなかった。俺は、面影堂の自分の部屋のベッドに寝かされていた。

「俺は一体……」

「僕と凛子さん、それから真由ちゃんにも手伝ってもらって運び込んだんです。でも、晴人さんの意識がなかなか戻らないから皆で心配して……でも、よかったあーッ！」

抱きつこうとする瞬平を押し返し、俺は尋ねた。

「凛子ちゃんは⁉　無事かッ⁉」

「え、ええ。真由ちゃんと一緒に0課のほうに行ってますけど」

それを聞いて安心した。

俺は、瞬平が手にしているものにふと目をやった。

「あ、これですか？　や、これを目の前でちらつかせれば、晴人さんの意識が戻るかと思って」

と、ニヤつく奴の両手には、プレーンシュガーがあった。

闇の中に漂ってきたあの匂い……俺は思わず笑った。

「どうしたんです？」

瞬平が不思議そうに言った。

「なんでもない」

俺は答えながら思った。

こいつがまたミラクルを起こした、と。

12

章

「……なんのつもりだ?」

机の上に置いた辞表を見て、木崎さんが言った。

「申し訳ありませんでした」

私は深々と頭を下げた。

木崎さんにすべてを話した。

謹慎を破り、もう一人の晴人くんと行動した事。

そのせいで晴人くんをピンチに追い込んでしまった事。

その上、晴人くんはもう一人の晴人くんに魔力を奪われ、意識不明の状態である事……。

私は取り返しのつかない過《あやま》ちを犯し、その代償はあまりに大きかった。

それだけではない。私情のままに動き、本分を忘れた私は、刑事失格だった。

人を守る資格など私にはもはやない……私はすべての責任をとり、刑事を辞めようと木崎さんの元を訪れたのだ。

木崎さんは無言のまま辞表を私のほうに突き戻した。

「お願いします。受け取ってください」

もう一度頭を下げた私に木崎さんが尋ねた。

「辞めてどうする……?」

「それは……」

辞める事ですべての責任をとる……それ以外は頭になかった。

彼の三白眼が冷たく私を睨《にら》んだ。

「辞めて責任をとるなど、下らん政治家や無能な社長のする事だ。それで何の解決になる。責任をとりたいなら、あとの始末までしっかりやる事だ」

木崎さんの言うとおりだった。

自分の無力を思い知った私は、目の前に横たわる現実から目をそらし、これ以上傷つかないところへ逃げ込もうとしているだけかも知れない。けれど、今はそうする事しか思いつかなかった。

「大門凛子」

木崎さんが眼鏡をあげ、姿勢を正した。

「今日付で謹慎を解く。今後の指示は追って出す」

「あの――」

「以上だ。下がっていい」

取りつく島はなかった。木崎さんは椅子をくるりと回し、私に背を向けた。

私は行き場を失った辞表を握りしめ、ドアに向かって歩き出した。

「もっと我々を信用しろ……」

背後から聞こえた声に思わず振り返った。

木崎さんの顔は見えなかった。こちらに向けたままの背中がとても遠くに感じられた。

私は、彼の後ろ姿にもう一度深々と頭を下げ、部屋を出た。


木崎さんの部屋を出ると、廊下で真由ちゃんが待っていた。辞表を出すという私を心配して、わざわざ0課までついて来てくれたのだ。

「どうでした……？」

真由ちゃんが不安げに尋ねた。

「それじゃ何の解決にもならないって怒られた」

私は苦笑いしながら、辞表をスーツの内ポケットにしまい込んだ。

そのとき、真由ちゃんの電話が鳴った。

「ちょっとすみません」

と、電話に出た真由ちゃんの顔が、話しているうちにみるみる明るくなっていく。

「どうしたの？」

電話を切った真由ちゃんに尋ねると、彼女は明るく答えた。

「晴人さんの意識が戻ったそうです」

「……！」

嬉しさのあまり言葉が出なかった。

これまでも激しい戦いの中で、晴人くんが生死の境をさまよう事はあった。けれど、今回はこれまでとは違う。私のせいで彼は苦しみ、私のせいで彼は命の危険に晒《さら》されたのだ。

私は、彼を返してくれた神様に心の底から感謝した。

「行きましょう！」

走り出した真由ちゃんが振り返った。

「凛子さん……？」

私は立ったまま、その場を動く事ができなかった。

喜びと同時に激しい自責の念が再び襲いかかってきた。それが、晴人くんの元へ駆けつけたい気持ちをきつく押し止めた。

「一人で行って……真由ちゃん」

「どうしてです？」

「晴人くんに会う資格は……私にはないわ」

もう一人の晴人くんに翻弄《ほんろう》されたとはいえ、私が晴人くんの心と体に負わせた傷はあまりにも大きすぎる。そんな私が晴人くんのそばにいていいわけがない。

真由ちゃんが私の手を優しく引こうとした。

「そんな事――」

「ダメなのッ！」

思わず彼女の手を振りほどいた。

「私がいると彼が苦しむ。私がそばにいると……私は、彼のそばにいちゃ……」

そこまで言って胸が詰まった。

私は込み上げるものを必死でこらえようとした。が、こらえようとすればするほど、胸の奥から熱いものが込み上げ、それは私の意志とは関係なく、目からポタッとこぼれ落ちた。

止めたくても、もうどうにもならなかった。秘めていた想いが滝のように溢《あふ》れ出し、ポタポタポタポタと止めどなく流れ落ちた。

「凛子さん……晴人さんの事……」

真由ちゃんの慈悲深い声が胸をついた。

もう限界だった。私は泣いた。子供のように声をあげて泣いた。

今まで抑え込んでいたもう一人の私が、悲しみの涙とともに姿を現した……。

広いロビーには人気《ひとけ》はなく、私と真由ちゃんの二人っきりだ。

私が落ち着くと、彼女が場所を変えましょうと、この長椅子に座らせてくれた。

真由ちゃんは、私の涙が止まるまで黙って待っていてくれた。その優しさには、感謝の言葉がいくらあっても足りない。彼女には本当に申し訳ないと思う。

「……私でよければ話を聞かせてくれませんか？」

私は、彼女のその言葉に甘えた。

真由ちゃんに頼るばかりで情けないが、気持ちを知られた以上隠しても仕方がないと思ったのだ。いや、本当は、誰かに自分の気持ちを知ってもらいたかったのかも知れない。私は、もう一人の晴人くんと出会ってからの晴人くんとの一連の出来事を話した。

「そうでしたか……」

話を聞き終えた真由ちゃんが小さく息をついた。

「ダメでしょ……私って」

話し終えると改めて照れくさくなり、私は苦笑いした。

「全然ダメじゃありません！」

真由ちゃんが真面目な顔で言った。

「凛子さんのした事は何も間違ってません！　好きな人のためなら誰だって同じ事をしたと思います！」

興奮して力説する真由ちゃんの顔が紅潮している。そんな彼女を見るのは初めてだった。

真由ちゃんが、目を丸くする私に気づき、慌ててとりつくろった。

「ご、ごめんなさい。勝手に熱くなって」

紅潮した顔を押さえながらうつむく彼女がなんだかかわいくて、私は思わず吹き出してしまった。

真由ちゃんが「え?」と私を見た。

「ううん、なんでも。それよりありがとう。そう言ってもらえると気が楽になる」

「ならよかった」

真由ちゃんがホッとしたように笑った。

彼女のおかげでなんだか少しすっきりした気がする。私は大きく伸びをした。

「あ～あ。私にもっと力があればなぁ～」

そんな私を真由ちゃんが不思議そうに見た。

「凛子さんは本当にそう思ってるんですか?」

「だって。私は真由ちゃん達みたいに魔力もないし、木崎さんみたいな洞察力も判断力もない。仁藤くんみたいなポジティブさも、輪島さんみたいな才能も、瞬平くんみたいなミラクルも――」

「凛子さんにはもっとすごい力があるじゃないですか」

彼女の言葉に、私はキョトンとなった。

「人の背中を押してあげられる——それが凛子さんの力です」

そう言って、彼女は自分の指にある指輪を見つめた。

「指輪はまやかしの希望で作られたものだったかも知れない。でも、その指輪で絶望から救われた人もいる」

……それは、真由ちゃんが笛木の私欲のために魔法使いにされたと知って落ち込み、もう魔法を使わないと言い出したとき、私が彼女にかけた言葉だ。

「あの言葉のおかげで、私は改めて魔法使いとして戦う決心をしたんです。私の力で誰かを救う事ができるならもう少し頑張ってみようって」

真由ちゃんの綺麗《きれい》な目がまっすぐに私を見た。

「凛子さんの言葉には人を勇気づける力があるんです。まるで魔法みたいに」

そんなふうに言ってもらえるなんて思ってもみなかった。

何気ない私の言葉が誰かの力になっている……その事が心底嬉しかった。

真由ちゃんは笑顔で続けた。

「晴人さんだって、きっと何度も凛子さんに背中を押されているはずです。凛子さんの力がきっと晴人さんを——」

「ううん、それは違う」

私は思わず遮《さえぎ》った。

真由ちゃんの言葉は嬉しかった。けれど――。

「彼の気持ちを動かす事ができるのは私じゃない。私には……到底かわりは務まらない」

切ない気分がまた心を覆った。

「彼の中には彼女がまだ生きてる。ううん、思い出としてだけじゃない。コヨミちゃんは今でも晴人くんの力となり、彼を支え続けている……」

「それが……凛子さんが晴人さんに踏み込めない本当の理由なんですね」

その言葉に私は黙ってうつむいた。

しばらくして、真由ちゃんが口を開いた。

「たしかに、晴人さんのコヨミちゃんへの愛情は深いものがあります。けど、それは凛子さんが想像しているものとは少し違う気がします」

顔をあげると、彼女が明るい顔で私を見ていた。

「コヨミちゃんは、晴人さんにとって大切な妹のような存在なんだと思います」

真由ちゃんは、屈託のない笑顔を浮かべながら続けた。

「ただ、あんまり大切にしすぎるから、まわりから見ると誤解されやすいんですよね。けど、私にはわかります。私もお姉ちゃんとすごく仲がよかったから……」

私はハッとなった。

彼女には、美紗《みさ》という双子の姉がいた。彼女の話によると、とても仲睦《なかむつ》まじい姉妹だったらしい。御両親もそんな二人をかわいがり、彼女たちは家族の深い愛情に囲まれて暮らしていた。

だが、その幸せは無惨に引き裂かれた。彼女が海外に留学中、ゲートだった彼女の姉はサバトの犠牲となった。姉はファントム・メデューサとして生まれ変わり、両親を惨殺。同じくゲートだった真由ちゃんは、メデューサの罠《わな》にはまり、そのすべてを知らされ、絶望に追い込まれた。

そのとき、真由ちゃんの脳裏によぎったのは、留学に対し不安だった彼女を励ました美紗の、姉としての優しい言葉だった。

「始まりも終わりも決めるのは自分。私達家族はどこにいても応援してるから」

家族の深い絆《きずな》が彼女の絶望を食い止めた。彼女はファントムの出現を抑え込んだ。そして、魔法使いになる資格を得たのだ……。

「だから私にはよくわかるんです。最愛の家族を失う悲しみが……」

真由ちゃんは話を続けた。

「晴人さんにとって、コヨミちゃんは深い絆で結ばれた家族のような存在なんです。晴人さんは、子供のころに両親を失い一人ぼっちになった自分の姿をコヨミちゃんに重ねていたんだと思います、きっと。彼女を守る事で、家族を失った孤独を埋めようと……」

真由ちゃんの言葉には説得力があった。

家族を愛し、愛する家族を失いながらも、その絆を胸に懸命に生きようとする彼女の気持ちが、晴人くんに重なって見えた。

「やあ」

背中のほうから声がした。

振り返ると、山本さんが赤ちゃんを抱いた奥さんと歩いて来るのが見えた。

「もういいんですか？」

真由ちゃんが声をかけた。

「ああ、普通にしている分にはね。変身できるまでには回復していないが」

答える山本さんに奥さんが口を挟んだ。

「私はもう魔法使いになんかなれなくてもいいんですけど……あ、すみません！」

奥さんは慌てて、私と真由ちゃんに頭を下げた。

「いいんです。魔法使いは本当に危険ですから。こちらも色々手伝っていただいて申し訳なく思っています」

私は奥さんに頭を下げた。

「ここで待っていてくれ。木崎さんに回復の報告をしてくる」

山本さんが行こうとすると、奥さんが抱いていた赤ちゃんが泣き出した。

「おー、よしよし。パパはすぐ戻るからねぇ」

山本さんは、奥さんから赤ちゃんを受け取り、あやし始めた。

「魔法使いも赤ちゃんには形無しね」

そう言った私に、真由ちゃんが微笑んだ。

「魔法使いだって普通の人間ですから。体の中にファントムがいたって、お腹がすけば御飯も食べるし、疲れたら寝る。そして、誰かを想い、誰かと繋《つな》がっていたい」

そう言いながら、彼女が私の目を見た。

「……私、思うんです。晴人さんの希望って〝家族〟なんじゃないかって」

「家族……」

私は、赤ちゃんを抱き上げる山本さんと、寄り添う奥さんの姿を改めて見た。

「晴人さんは心のどこかで家族を求めているんだと思います。そして――」

真由ちゃんが私の手をとった。

「凛子さんなら、彼の家族になってあげられると思います。きっと」

……あたたかい。

私の手を握る彼女の手からなんともいえないぬくもりが伝わってきた。

そのぬくもりが沁《し》み入った私の胸に、さっきまでの悲しみとは違う熱いものが込み上げてきた……。

13
章

意識を取り戻した俺は、面影堂のソファに座りながら、今の状況を整理していた。

もう一人の〝俺〟にやられてから丸三日が過ぎていると、瞬平が教えてくれた。

それだけ気を失っていたという事は、相当な魔力が奴に奪われたという事だ。実際、奴はウィザードの強化形態に変身できるまでになっている。

俺のほうはと言えば、奴に痛めつけられた体こそなんとか動かせるようにはなったが、魔法使いに変身する事はできなかった。

奴に魔力を奪われた譲や山本さんも、意識を取り戻し順調に快方に向かっているらしいが、変身できるほど魔力は回復していないらしい。仁藤にいたっては、まだ意識が戻らないとの事だった。

奴の中にいるファントム――キマイラは、仁藤の命と引き換えに魔力の供給を要求するいわば食いしん坊だ。休息によって魔力を回復しているはずの仁藤がなかなか目覚めないのは、魔力が回復する速さより、中のキマイラが魔力を食らうほうが早いせいかも知れなかった。仁藤だけは他の二人と違い、このまま放っておくと命に関わりかねない。

（奴の対策も考えておかないとな……）

新たに加わった問題に俺はため息をついた。

仁藤の事は心配だが、幸いこの三日のうちにもう一人の〝俺〟が現れた様子はないらしい。凛子ちゃんも無事でいるし、俺が倒れているあいだに何も起こらなかった事がせめてもの救いだった。

凛子ちゃんの行動はショックだったが、今はその真意をたしかめる気にはなれなかった。本心でないとはいえ、彼女の好意を無下に否定する形をとってしまった後ろめたさもある。それに、これからの事を考えると、かえってこのままのほうがよいのではという思いにも駆られていた。もともと、彼女に踏み込むべきではなかったのだ。ならばこれを機会に、改めて彼女と距離を置くのもひとつの道だと思ったのだ。

が、俺と凛子ちゃんとの事はともかく、もう一人の〝俺〟が、このまま彼女を放っておくとは思えない。

(奴を消す方法を考えなければ……)

俺はソファに深くもたれかかり、天井を見上げた。

奴を消すには力がいる。そのためには魔力の回復が先決だ。ドラゴンの声がまだ聞こえるという事は、俺の魔力は完全に消えたわけではない。このままゆっくり休息をとれば、けがが治るようにいずれ魔力も回復するだろう。

が、そんな悠長な事を言っている暇はない。奴は常に俺の考えを読み、先手を打ってくる。三日も動きがないのが、かえって不気味なくらいだ。

「あーッ」

焦《あせ》りが募り、思わず声が出た。

「どうしたんです？」

トイレに行っていた瞬平が奥から出て来た。

「別に」

俺は天井を見上げたままぶっきらぼうに答えた。

「なんです？　悩みがあるなら言ってくださいよ。なんでも力になります！」

天井を見る俺の視界に、瞬平のどアップが割り込んだ。

「近いッ。近いって」

「あッ、すみません」

瞬平は俺の横に座り直し、改めて背筋を伸ばした。

「で？」

用を足したせいか、奴の顔がなんだかすっきりしている。対して、すべてがすっきりしない俺は、その顔が妙にイラついた。

「だから、なんでもないって」

俺は瞬平に背を向けるように体をひねり、足を組んだ。

「で？」

素早く回り込んだ奴の顔が目の前にあった。

「悩み事はオシッコみたいにバーッと出しちゃったほうがすっきりしますよ」

「俺の悩みを小便と一緒にするな！」

「ほらあ。やっぱり悩んでるんじゃないですかぁ。……で？」

大きく見開いた奴の目が俺を捕らえて放さない。俺は観念した。

「もう一人の〝俺〟がなかなか消せないから困ってんだよ」

俺の言葉に「なるほど～」とうなずいた瞬平は、しばらく考え込んで言った。

「消せないなら、友達になっちゃえばどうです？」

「はあ？」

ある意味、瞬平らしい発想だが、考えている事が真逆すぎてすぐには理解できなかった。

「もちろん、消せるに越した事はないですけど。それが難しいなら、いっそ仲良くなったほうが。だって、もう一人の晴人さんも晴人さんなんでしょ？」

瞬平は、ポカンとする俺に構わず話し続けた。

「僕だったら、自分が二人いたら協力しあって、お互いでお互いのかわりをしますね。たとえば、自分が面倒な事はもう一人の自分にやってもらったり、自分が寝たいときはもう一人の自分に起きててもらったり、自分が言いにくい事はもう一人の自分に言ってもらったり――」

「どこが協力だ！　自分のヤな事押しつけてるだけじゃねえかッ」

俺は思わず突っ込んだ。

瞬平は「あちゃ」と舌を出した。

「そんな事してると、仲良くなるどころか、もう一人の自分が怒ってヘソ曲げるだけだ」

言いながら、奴と自分の事をふと思った。

奴は俺を否定し、俺も奴を否定している。同じ自分のはずなのに、どうしてこうもお互いを認める事ができないのか……。

さらに考えようとしたとき、腹が大きな音を立てて鳴った。

「さっきのドーナツじゃ足りませんでしたか⁉」

瞬平が血相を変えて立ち上がった。

「そうですよね、今の晴人さんは全然魔力が足りないんですもんね。まずはしっかり食べて魔力を回復させないと。僕、なんか買ってきます！」

大丈夫だと言おうとする俺を奴が遮《さえぎ》った。

「お任せください。今夜は僕が責任を持って御馳走《ごちそう》を作りま～す！」

言うやいなや、奴は外に飛び出していった。

「あいつも相変わらず慌ただしいなあ」

声に振り返ると、輪島のおっちゃんが立っていた。

「まったく」

瞬平から解放された俺は、大きく息をつき再びソファに体を沈めた。

「どうだ？　体の調子は？」

輪島のおっちゃんが尋ねた。

「大丈夫。魔法が使えない事をのぞけばね」

「そうか。あんまり無理はするなよ」

「ああ」

と、俺は答えたが、そういうわけにはいかないと心の中では思っていた。奴に先手を打たれ続けているせいか、こうしている時間さえ惜しいと、焦りは募っていく一方だ。

「ま、とりあえずこれでも飲んで一息つけ」

輪島のおっちゃんが手に持っていたカップを手渡してくれた。中に入った熱いコーヒーの湯気と香ばしい香りが鼻をくすぐった。

「サンキュ」

俺はコーヒーを口に運んだ。

「甘ッ！」

思わずカップから口を離した。

「ちょっと砂糖を入れすぎたかな」

おっちゃんが覗《のぞ》き込んだ。

「甘すぎだよ、こりゃ」

「そうか。けど、今のお前にはそのくらいがちょうどいいかも知れん」

「え……？」

おっちゃんは笑いながら続けた。

「甘くてもいいんじゃないか、もっと自分に。自分に厳しいのも決して悪い事じゃないが、少しくらい甘やかしてやらないと自分が壊れちまうぞ」

その言葉にドキッとした。

自分の気持ちを抑え込んできた俺は、二つに裂け……壊れた。おっちゃんの言葉は、まさに今の俺を言い表しているように思えた。

「ま、仕方ないよな。お前はずっと一人で頑張ってきたんだから」

おっちゃんは俺の肩をポンと叩くと、店に並ぶ骨董品《こっとうひん》を整頓し始めた。

「だから多分、甘え方がよくわからないんだろうな。自分に対しても、人に対しても」

おっちゃんの言うとおりだった。親を亡くし一人になった俺は、その寂しさや悲しさを決して人に見せまいと意地を張ってきた。一人で大丈夫、俺は強いから心配するなと、人の同情を拒み、人に頼る事は自分の弱さを晒《さら》し、負けを認める事だと思って生きてきた。

「お前、人に迷惑をかけちゃいけないってどこかで思ってないか？」

おっちゃんはそう言うと、棚にある置物を手にとった。

「これはインドの品なんだがな。インドでは、人に迷惑をかけるのは当たり前。その分、人を許してあげなさい——と教えるそうだ。お前は優しいから人を許す事はすでにしてるだろう。だから同じように、自分の事ももっと許してやったらどうだ」

その置物は神様をかたどったということで、顔が二つあった。ひとつの顔は優しく微笑み、もうひとつの顔は怒ったような険しい顔だ。

二つの顔——これが俺なら、俺はどちらなのか。

微笑んでいるほうか、険しいほうか。強いほうか、弱いほうか。許すほうか、許されるほうか……。

「自分を許せるほど、俺は強くない……」

俺は小さくつぶやいた。

「俺は弱い……だから強がる事でしか自分を保つ事ができないんだ」

俺はすべての原因が自分の弱さにあると感じていた。俺の弱さが自分の感情を抑えきれず、もう一人の〝俺〟という化け物を生み出した、そう考えていた。

「それに比べ奴は——もう一人の〝俺〟は……強い」

改めて奴の事を考え、そう思った。

奴は常に自信に満《み》ち溢《あふ》れている。思った事を思ったように行動し、その結果、欲しいものを手に入れてゆく。奴はその強さゆえ、弱いこの俺が許せないのだ。

「逆じゃないかなあ」

　輪島のおっちゃんが、置物を棚に戻しながら言った。

「や、俺も凛子ちゃんから少し状況を教えてもらっただけだから、詳しい事まではわからん。が、もう一人のお前のしている事を聞くと、それが強い人間のする事とは思えんのだが」

　意外な見解に思わずおっちゃんの顔を見た。

「あ、すまん。もう一人のお前もお前なんだったな」

「いいんだ。それより、なんでそう思う？」

　尋ねる俺におっちゃんは答えた。

「もう一人のお前がしている事は、お前が一度覚悟を決めた事をひっくり返そうとしているだけだ。コヨミの事だって、ただ失った過去を取り戻そうとしているにすぎん。あの笛木のように……」

　そうだ。笛木は弱い人間だった。その弱さゆえ、娘を失った悲しみから逃れられず、狂気に走った。

「お前がもう一人のお前を恐れるのは、そいつが強いからじゃない。笛木と同じように弱いからだ。そして向こうも同じようにお前の事を恐れている。すべてを受け入れ、前に進むお前を」

「すべてを受け入れ、前に進む……」

俺はその言葉を繰り返した。

「親を亡くした事も、無理やり魔法使いにされた事も、コヨミを失った事も……お前はどんなに悲しい事やつらい事があっても、すべてを受け入れ、前に進んできた。それがお前の力であり……強さだ」

すべてを受け入れ、前に進む——それが、俺の強さ。そんな事思ってもみなかった。

おっちゃんは、俺の目を見て優しく言った。

「自分が弱いと受け入れられるなら、その強さで弱い自分も受け入れて許してやれ。それが、自分に克《か》つ唯一の方法じゃないかな」

その言葉を聞き、俺の心の奥で何かが光った……。

見失い、忘れていたものが甦《よみがえ》ってきた気がした。

14

章

私は、笛木の地下室に立っていた。

真由ちゃんのおかげで気を取り直した私は、改めて晴人くんのために頑張ろうと心に決めた。晴人くんとのギクシャクした関係を修復できるかわからないが、彼に迷惑をかけてしまった事だけは、しっかりと償いたかった。

〝刑事として冷静に〟すべての出来事を洗い直した私は、晴人くんに異変が起こったのが、この地下室に来てからだという事に気がついた。だから、ここに来れば晴人くんを救う糸口が見つかるのではないかと再び足を運んだのだ。

０課によって笛木の残した魔道具はほとんど運び出され、備えつけられたライトに照らし出された地下室はガランとしていた。

膨大な魔道具があったせいか、あのときの地下室には目に見えない邪気のようなものが充満していたような気がする。あのときの私もそうだったが、０課のメンバーの中にも移送作業中に気分が悪くなった人が何人かいたらしい。

(その邪気がなんらかの形で晴人くんに影響しているのかも知れない……)

私は、あの日の地下室の情景を思い返した。

「この部屋自体には特に変わった事はなさそうですね」

地下室を歩き回っていた真由ちゃんが言った。

真由ちゃんは、私の考えを聞いて同行を願い出てくれた。

「何かあったら魔法使いとして凛子さんを守ります」

と言ってくれた彼女の優しさが、本当に嬉しかった。

「もしかすると、ここに置いてあった魔道具のほうに何か秘密があるのかも……」

私は、空っぽになった地下室を見つめながら言った。

そして、0課の保管場所に移送された魔道具の量を思い出し、それをすべて調べるのはかなり大変な事になりそうだと思わずため息をついた。

そのとき、ポケットの携帯が鳴った。出ると、木崎さんだった。

「仕事だ。至急調べて欲しい物がある」

……こんなときになんてタイミングの悪い。いや、タイミングはこの際関係ない。〝刑事として冷静に〟行動すると改めて決めたのだ。ここは素直に従うのが賢明だ。

「なんでしょう？」

「今から《から》資料をそちらに送る。笛木の地下室にあった物だ。もしかすると、操真晴人の一件に絡んでいるかも知れん。頼むぞ」

そう言って、木崎さんは電話を切った。

これは木崎さんの配慮だ。私は感謝の気持ちでいっぱいになった。

これで晴人くんへの償いができるかも知れない。そして、刑事として一連の事件を解決に導く事ができるかも知れない……。木崎さんが言った「責任をとりたいなら、あとの始末までしっかりやる事だ」という言葉を思い出し、身が引き締まった。

同時に「もっと我々を信用しろ」という言葉の意味を改めて理解した。

木崎さんは、私なんかよりもっと先に、晴人くんの異変の原因があの日にあると推理していたのだ。きっと私や晴人くんの知らないところで、0課のメンバーとともにあの膨大な魔道具や資料の山と連日格闘していたに違いない。

彼は、過去に向かう晴人くんを止めようと銃を向けたとき、「一人で熱くなるな」と言った。

あれは一人ですべてを抱え込もうとする晴人くんに、それから私に、事件を探っているのはお前達だけじゃない、自分や0課を信じて待てという意味だったのだ。

そして今、その労力の末に得た情報を私に託そうとしてくれている。私は、木崎さんに頭が下がる思いだった。

ほどなくして、資料がメールで送られてきた。

メールには、木崎さん達が調べた内容が記されていた。

——押収した笛木の古文書の中に、中世期におけるファントムと酷似する怪物の記述あり。記述には、その怪物を復元、もしくは複製する実験が行われていたと記録されている——

複製……まさに、もう一人の晴人くんをさしているような内容だ。

——なお、その古文書と同じ古代文字が使われた魔道具も同様に押収したが、移動の際、所在がわからなくなっており、現在捜索中である――

メールには、所在がわからなくなる前に地下室で撮られた写真が添付されていた。

その魔道具に見覚えがあった……私を救ってくれたあの鏡だった！

それが今、所在がわからなくなっているという。

一体どこに……私の頭に、あの鏡を最後に手にしたときの記憶が甦《よみがえ》った。

（きっと……！）

私は地下室を飛び出した。


「どうしたんです⁉」

突然走り出した私を、真由ちゃんが息を切らせながら追いかけて来た。

「晴人くんを助ける手掛かりがわかったかも知れない」

私は、表に停めてあった自分の車に辿《たど》り着き、後部トランクを開けた。

ここに入っているのは、０課による移送作業が始まった日、覗《のぞ》きに来た仁藤くんが地下室からこっそり持ち出した物だ。彼がもう一人の晴人くんに襲われたときに落としたのを私が拾い集め、元に戻すつもりでとりあえず入れておいたのだ。

その後、魔力を奪われた仁藤くんを病院に運んだり、晴人くんを過去へ送り出したり、謹慎になったりとバタバタが続き、すっかりその事を忘れてしまっていた。

「あった……！」

トランクの中には、いくつかの魔道具にまぎれ、例の鏡があった。

「それが晴人さんを助けるものですか……？」

眩《まばゆ》い金のレリーフにはめこまれた鏡を見て、真由ちゃんが尋ねた。

私は「ええ」と答えながら、裏側に書かれた古代文字を解読した仁藤くんの言葉を思い出した。

「二匹の竜、天に昇りしとき……闇は裂かれ、希望の光、再び輝かん」

「なんです？」

「この古代文字の内容よ」

「二匹の竜……まるで晴人さん達を暗示しているみたい」

真由ちゃんは鏡を手にとり、古代文字を見た。

仁藤くんがこれを読んでくれたとき、私もそう思った。なのに、なんで今までその事を思い出せなかったのだろう。灯台下暗しとは、まさにこの事だ。私は、次々起こる晴人くんとの事で頭がいっぱいで、身近にある解決の糸口にまったく気がつかなかった事を悔やんだ。

が、後悔しても仕方ない。今はこれを調べなければ。

この鏡が本当に謎を解く鍵かどうかはわからない。が、木崎さんが調べてくれた古文書の記述、鏡の裏に刻まれた古代文字、そして、晴人くんがこの鏡に接触した事を合わせて考えると、調べる価値は十分にあるはずだ。

「これから0課に持って帰って詳しく分析してみる」

私は、真由ちゃんから鏡を受け取った。

そのとき、鏡がキラッと光った。

太陽の光が一瞬反射したのかと思った。が、煌《きら》めきはやがてひとつの形に集まり、鏡の中に人の顔――晴人くんの顔が浮かび上がった。

「きゃっ！」

驚いて思わず鏡を投げ出した。

鏡は落下せず中空に浮かび、まるで意志を持つかのようにこちらを向いた。鏡の中に浮かび上がる晴人くんの顔が妖しく笑った。

「あの顔は……！」

真由ちゃんも驚き、声をあげた。

その瞬間、得体の知れない雲のようなものが鏡から湧き出し、私に向かってきた。

「凛子さんッ！」

真由ちゃんは、雲に巻かれそうな私を雲から押し出した。

紫色をした不気味な雲は、まるで生きているかのように蠢《うごめ》き、獲物を狙う大蛇のように大きな輪をなして私達を取り囲んだ。

「私から離れないでください」

真由ちゃんはベルトを召喚《しょうかん》し、指輪を構えた。

「変身……！」

彼女の姿は、魔法使い——メイジになった。

「ハッ！」

素早く指輪を取り替えた彼女が光の波を放った。

光に吹き飛ばされ、紫の雲は四散した。が、雲は再び空中でひとつになり、今度は私ではなく、彼女に襲いかかった。

メイジは再び光の波を放ったが、紫の雲は俊敏な獣のごとく攻撃をかいくぐり、彼女に絡みついた。

「ウッ！　……ウウッ……」

獲物を捕らえた大蛇のように、紫の雲が彼女の体をギリギリと締め上げた。

「真由ちゃん！」

彼女を助けようと手を伸ばした瞬間、紫の雲が電撃を放った。電撃に弾かれ、私は地面に倒れた。

「あああーッ！」

電撃の檻《おり》に閉じ込められたメイジが苦しみ悶《もだ》えている。

やがてその体がだらりと崩れた。電撃が収まり雲から解放された彼女は、変身が解け、気を失って倒れた。

手強《てごわ》いメデューサと互角に渡り合い、晴人くんと同じくらい強力な魔力を持つ真由ちゃんを呆気《あっけ》なく倒すなんて……妖しい雲のただならぬ力に恐怖を覚えた。

紫色の邪気を発する雲が改めて私に向かってきた。

私は逃げようと立ち上がったが、それより早く雲は私の体を呑み込んだ。

「ウウッ……ああ……」

禍々《まがまが》しい邪気に包まれ、私はもがいた。

もがきながら宙に浮かぶ鏡を見ると、鏡の中で笑う晴人くんと目があった。

「！」

その瞬間、心臓を鷲摑《わしづか》みされたような鋭い感覚が胸を突き刺した。

私の意識は、そこで途絶えた……。

15 章

「ありがとう、おっちゃん」

甘いコーヒーを飲み終えた俺は、革ジャンを羽織って立ち上がった。

「どこへ行く？」

心配そうな顔でおっちゃんが尋ねた。

「ちょっと外の風に当たってくる。大丈夫、無理はしないさ」

と、俺は笑った。

おっちゃんと話したおかげで、ずいぶん心がすっきりした。

あと少しで何かが摑《つか》めそうな気がする。そう思った俺は、体を動かし頭をほぐすつもりだった。

表に出ようとすると、ドアが勢いよく開いた。

同時になだれ込むように入ってきた真由ちゃんがバタンと床に倒れた。

「真由ちゃん！」

駆け寄って体を起こすと、彼女が目に涙を浮かべて言った。

「ごめんなさい……ごめんなさい、晴人さん」

「どうしたんだ？」

「守れなかった……凛子さんを」

衝撃が走った。

俺はざわつく胸を抑えながら、疲弊《ひへい》している彼女をソファに座らせ、事情を聞いた。

再び笛木の地下室に足を運んだ凛子ちゃんは、木崎からの連絡で、もう一人の〝俺〟が生まれた謎を摑みかけていたという。それはなんと、俺がホムンクルスと戦ったときに勝機をもたらしたあの鏡だった。

事件は、凛子ちゃんが保管していた鏡を手にしたときに起こったらしい。鏡が発する妖しい雲が彼女に襲いかかり、付き添っていた真由ちゃんは、魔法使いに変身して彼女を守ろうとした。が、雲にやられて気を失い、目覚めたときには鏡も凛子ちゃんも消えていたというのだ。

「で……その鏡に俺が映ったっていうんだな？」

「……はい」

真由ちゃんは静かにうなずいた。

（もう一人の〝俺〟の仕業か……）

俺は思った。

もし、あの鏡が本当にもう一人の〝俺〟が生まれた事に関係しているとしたら、あれは奴の隠《かく》れ蓑《みの》であり、俺にはない奴の別の力かも知れない……。

そう考えたとき、窓から何かが飛び込んできた。

俺はとっさに真由ちゃんをかばいながら、身を躱《かわ》した。

が、飛び込んできた何かは旋回し再び向かって来ると、振り払う俺の手を器用にかいくぐり、テーブルの上に着陸した。

それは、俺が偵察や監視によく使う鳥形の使い魔——ガルーダだった。

「なんだ、お前か」

と、羽根をばたつかせるガルーダに手を伸ばそうとして、止めた。

俺はガルーダを召喚《しょうかん》していないし、今の俺には召喚できる魔力もない。

(これは奴の……!?)

そう気づき、改めて警戒すると、ガルーダはくちばしにくわえた小さな紙切れを俺のほうへ突き出した。

俺が紙をとると、ガルーダは外へと飛び去っていった。

開いた紙には、一点に印がついた地図が描かれ、脇には短いメッセージが書かれていた。

——決着をつけよう——

一緒に地図を見ていた真由ちゃんが不安げな声をあげた。

「これは……!?」

「奴からの挑戦状だ」

答えるや否《いな》や俺は立ち上がった。

「待て」

話を聞いていたおっちゃんが俺の背中に声をかけた。

「行くのか……?」

「ああ」

俺ははっきり答えた。

もう一人の〝俺〟は、俺が目覚めるのを待っていたのだ。あのとき、奴が俺にとどめを刺さなかった理由はわからない。が、今度は本当に決着をつけるつもりでいるのだろう。目覚めたとはいえ、魔力がなく変身できない俺は完全に不利だ。が、行かねばならない。その理由はひとつだ。

「おそらく、凛子ちゃんもそこに……」

俺は静かに言った。

奴なら彼女の命を奪う事はないだろう。彼女への奴の想いは本物だ。俺にはよくわかる。奴が再び凛子ちゃんをさらった意図まではわからない。が、新しい罠《わな》を仕掛けているのは間違いないだろう。それでも今度は負けるわけにはいかない。そして今度こそ、自分の手で凛子ちゃんを救い出す。それだけが、今の俺にできる彼女への償いなのだから。

「じゃ」

俺は、真由ちゃんと輪島のおっちゃんに手を振り、表に飛び出した。

指定された場所に着くと、陽はすでに落ちかけ、広い空には夕闇が迫っていた。

そこは海に面してそびえる切り立った崖の上だった。

「……懐かしいだろ」

声に振り返ると、もう一人の〝俺〟が立っていた。

「こんなところに呼び出すとは、お前の思い出めぐりは筋金入りだな」

「ここは、俺……俺達の人生が大きく生まれ変わった場所だからな」

俺の軽口に奴が返した。

ここは、俺が魔法使いになった地――あのサバトに巻き込まれた忌《い》まわしい場所だった。

海から吹き上げる生暖かい風を感じながら、俺の中に忌まわしい記憶が甦《よみがえ》ってきた。

「まさか、コヨミを甦らせるためにサバトを開くつもりじゃないだろうな」

俺はひときわ厳しい目で奴を睨《にら》んだ。

「よせよ。俺は操真晴人だぜ。そんな事をしてコヨミを悲しませるような馬鹿じゃない」

そう言うと、奴はゆっくりと俺のほうに歩いてきた。

「凛子ちゃんには優しくしてもらえたか……？」

奴が揺さぶりをかけてきた。

「目覚めてから彼女には会っていない」

そう答えると、奴が呆《あき》れるように言った。

「命の恩人に礼も言ってないのか？」

「何……？」

「とどめを刺されそうなところを、身を挺《てい》して守ってくれたっていうのに……お前はホントにダメな男だぜ」

俺が命拾いしたのは彼女のおかげだったのか……。

彼女の不可解な行動に混乱し、真意を計りかねていたが、おそらく何か考えがあっての事だったんだろう。今の話を聞いて、彼女の優しさと強さに改めて心を打たれるとともに、彼女を絶対に救わねばという想いを新たにした。

「まったく。お前みたいなののどこがいいのかさっぱりわかんねえが、とにかく彼女との関係は一から作んなきゃいけねえらしい。お前のせいでよけいな手間が増えちまったぜ」

奴は苦々しい顔で俺を睨んだ。

「それはこっちのセリフだ」

俺は奴を睨み返した。

「いい加減、俺達の事で彼女を引き合いに出すのはよせ。俺は逃げも隠れもしない。よけいな事はやめろ」

「よけいな事……？」

「また彼女を使って俺を動揺させるつもりかも知れないが、同じ手を二度くうほど俺は馬鹿じゃない」

「何の事かさっぱりわからん」

奴はまるで知らないといったふうだ。

「とにかく彼女を返せ！」

「それこそ、こっちのセリフだッ！」

奴が、俺より大きな声で怒鳴った。

「お前と別々になるまで、俺と彼女の関係は悪くなかった。いや、一歩踏み出せば、うまくいくのは間違いなかった。なのに、お前と別々になったとたん……お前のせいで、お前がいるせいで彼女の心は……」

奴の目は険しく、憎悪に満ちていた。

「だから俺は思った。過去はすべて忘れようと……」

そう言いながら、奴は指にはめた〝希望《ホープ》〟の指輪を見た。

「俺は今まで過去を作り直そうとやっきになっていた。コヨミを救えなかった事、凛子ちゃんに想いを告げてこなかった事……が、それはすべて、お前がやってきた事だ。お前の過《あやま》ちを塗り変えるだけじゃ、俺は本当の〝俺〟にはなれない。それがようやくわかった……」

奴が指輪をはめた拳を俺のほうに突き出した。

「俺は決めた。過去とともにお前を消す……と。そして、一から人生を作る。コヨミが生き、凛子ちゃんがそばにいる、そして、お前のいない……俺だけの、これからの新しい人生を！」

奴の闘志に応えるように、指輪が変化した。

「変身！」

革ジャンの前を開いた奴の腰には、すでに召喚された変身ベルトがあった。ベルトに指輪をかざした奴の姿が、強化形態——真紅のウィザードになった。

奴にはもう話す気がないらしい。俺は変身できないまま身構えた。

「さあ、ショータイムだ」

奴は、魔道具ドラゴタイマーを取り出した。

（まさか、その力まで……!?）

驚く俺を嘲笑《あざわら》うかのように、奴の姿が分裂した。

火・風・水・土——四つの属性それぞれの強化形態が目の前にズラリと現れた。それは、魔力のあがった奴の成せる業だった。

「すぐに殺しはしない。じっくりいたぶってやる」

四人の強化形態は同時に言い放つと、四方に散開した。

変身できない今の俺に俊敏に動く四人を同時に捉えきる事はできない。

最初に攻撃を仕掛けて来たのは、水の強化形態——瑠璃色《るりいろ》のウィザード。奴の放つ激しい水流に崖の端まで押し流され、海に落ちそうになるのを必死に岩を掴んでこらえた。

その俺に、風の強化形態——翡翠色《ひすいいろ》のウィザードが襲いかかった。奴は大きな翼で竜巻を起こし俺を空へと舞い上げた。

落下し、地面に叩きつけられた俺を狙うのは、火の強化形態——真紅のウィザードだ。奴は胸に宿したドラゴンの口から灼熱《しゃくねつ》の炎を放った。俺は、まとわりつく炎を地面に転がりながら消し止め、岩陰に隠れた。

が、地中から突然突き出た両手の巨大な爪が、俺の体を挟み込んだ。土の強化形態——琥珀色《こはくいろ》のウィザードが、土の中に潜んでいた。奴は俺を乱暴に放り捨て、鋭い爪で俺の体を斬り裂いた。

「ウッ……！」

熱い痛みが体に走り、俺は倒れた。変身できぬ俺に奴らに抗《あらが》う術《すべ》はなかった。

「まだ死ぬなよ」

四人の強化形態が揃《そろ》って言うと、四つの姿がひとつに融合した。それは、四つの強化形態の力を併せ持つ、〝オールドラゴン〟と呼ばれる姿だった。巨大な翼と尻尾をそなえ、両手には鋭い爪、胸にドラゴンの顔を宿したその姿は、持ちうる魔力をすべて纏《まと》った最強の強化形態——魔法使いの完成形だ。

見ようによっては悪魔のごとくに見えるその姿が、倒れる俺の前に舞い降りた。

奴は俺の襟首を掴んで体を持ち上げ、今まで溜めてきた鬱屈《うっくつ》した思いをすべて吐き出すかのように、俺を蹴り、突き、裂き、蹂躪《じゅうりん》した。そして、俺を空中高く放り投げると、バランスを失いもがく俺の体に必殺のキックを叩き込んだ。

「ウワアアッ！」

吹っ飛んだ俺は、岩山に猛烈な勢いで叩きつけられた。体中の骨が砕けるような音がした。俺の体はズルズルと岩肌を滑り落ち、そのまま地面にゴロリと転がった。

「これからがホントのショータイムだ」

奴が再び四つに分身した。

俺を囲むように四方に立った奴らは、地面に剣を突き刺した。倒れた俺の体を中心に巨大な魔法陣が浮かび上がった。

四つの剣から放たれた魔力は妖しい光となり、地割れを起こしながら俺のほうに向かってきた。

「ウワアアアアアアアッ……！」

光が到達すると同時に体に衝撃が走った。五体がバラバラになりそうな感覚に俺はもがいた。

「これは儀式だ……」

四人の〝俺〟がつぶやいた。

「これまでの〝俺〟は消え、新たな〝俺〟に生まれ変わる。お前はその生《い》け贄《にえ》だ。その神聖な儀式には、俺達の人生を変えたこの場所こそがふさわしい……」

消えはしない……消えてたまるか！　体を貫く激しい痛みに俺は抗った。

俺が消えたら本当にすべてがなくなってしまう。両親の記憶も、コヨミの思い出も、凛子ちゃんへの想いも。俺を最後の希望だと言ってくれた人達のために、希望である俺が消えるわけにはいかない……。

俺は生きる、何があっても生き抜く……どんなに苦しくても、どんなにつらくても、絶対に生きる事を諦《あきら》めない……。

それが俺――操真晴人だッ！

強く思ったその瞬間、心の奥に灯った小さな光が眩《まぶ》しく輝いた。

輝きはどんどん大きさを増し、俺の体をすり抜け、あたり一面に広がった。

「ウガアア……！」

魔法陣を作っていた四人が光に吹き飛ばされた。

光が収まり、静寂が訪れた。

俺の体からは痛みが消え、力がみなぎっている。

俺は立ち上がり、自分の体を見た。全身は眩《まばゆ》い銀色に包まれ、溢《あふ》れんばかりの魔力でキラキラと輝いていた。みなぎる力のまま拳を握ると、その指に〝無限《インフィニティー》〟の指輪があった。

俺の姿は、究極の進化形態――白銀《しろがね》のウィザードになっていた。

「また奇跡を起こしたか。お前は本当におもしろい」

俺の中のドラゴンが笑った。

奴の言うとおり、この力は奇跡の力だった。ファントム・レギオンとの戦いで、今と同じようにすべての魔力を失い窮地に陥ったとき、諦めない心が俺の心に光を灯した。涙となってこぼれ落ちた光が〝無限《インフィニティー》〟の指輪に変化し、俺は魔力を――新たな力を手に入れたのだ。

そうだ。これは笛木にも、そして誰にも与えられた力ではない。俺だけの魔力、俺だけの力……。

諦めない心が再び無限の力を引き出した。俺は自分の力を完全に取り戻した。

「魔力を取り戻したのか……」

四人の〝俺〟は忌々《いまいま》しそうに立ち上がり、剣を構えた。

「よせ。この力がどういうものか、お前にならわかっているはずだ」

「だからなんだ！」

俺の言葉を振り払うように四体のウィザードが一斉に飛び上がった。空中でひとつに融合し、再びオールドラゴンになった奴が最大パワーのキックで俺に迫った。

俺は白銀に輝く巨大な斧《おの》、アックスカリバーを召喚し、奴めがけて振り下ろした。

一閃《いっせん》──魔力をはらんだ眩しい光が、奴の体を猛烈な勢いで吹き飛ばした。地面に叩きつけられた衝撃で奴の変身が解けた。

「ウッ……ウウッ……」

奴は起き上がる事ができないようだった。それほどまでに〝無限《インフィニティー》〟の指輪がもたらす魔力の威力はすさまじかった。

「……決着はついたようだな」

俺は、倒れているもう一人の〝俺〟を見下ろして言った。

「まだだ……」

奴は死力を振り絞って体を起こした。体はボロボロだったが、その目は異様な熱を帯び、ギラギラと輝いていた。

「無限の力というものがあるなら、それは燃やし続ける情熱……」

奴の指にある〝希望《ホープ》〟の指輪が妖しく光り始めた。

「……最後まで決して諦めない心だ」

奴の体が眩しく光り、俺は目を覆った。

光が消えると、そこには進化したもう一人の〝俺〟――白銀のウィザードがいた。

「俺は操真晴人……お前にできて、俺にできない事はない」

奴の執念は、奴を俺と同じ進化にさえも導いた。

新たな力に高揚するかのように、奴の仮面――海のように透き通るマリンブルーの魔宝石が夕日を受けて赤く輝いた。

事態は振り出しに戻った……。

奴はどこまでも俺についてくる。そして、自分こそが操真晴人だと、執拗《しつよう》なまでに誇示し続ける。

「さあ、ショータイムの続きと行こうぜ」

奴は、俺と同じように白銀に輝く巨大な斧を召喚し、俺に向かって突っ込んできた。

俺は攻撃を躱しながら、この終わりのない戦いにどう終止符を打てばよいのか必死で探った。

ぶつかれば激しく抗い、逃げればどこまでも追いかけてくる。永遠に自分と戦い続ける鏡と向き合うような戦い……。

いや、俺達は一見同じであって、実は同じではない。一方が表なら一方は裏、一方が光なら一方は影、明と暗、動と静、強さと弱さ……。二つの俺は、逆の存在だ。

逆……むしろ逆。

その言葉を頭に繰り返した瞬間、奴が叫んだ。

「いつまでも逃げ回ってんじゃねえ！」

攻撃を躱し続ける俺に業を煮やした奴が、大上段に斧を振りかぶった。

俺は自分の武器を捨て、奴の真正面に出て、手を大きく広げた。

「！」

奴は一瞬驚いたが、そのまま俺の肩に斧を振り下ろした。

「ウッ……！」

〃無限《インフィニティー》〃の力に覆われたボディーでなんとか持ちこたえたが、それでも肩のアーマーは裂け、刃が肌に食い込んだ。

「どういうつもりだ……⁉」

奴が戸惑いの声をあげた。

「お前の言うとおり……俺は、逃げてばかりで向き合う事を忘れていたのかも知れない」

俺は静かに、そして毅然《きぜん》と言った。

「俺はすべてを受け止める。悲しみも、苦しみも……失敗も、後悔も……そして、お前も」

俺は肩に食い込む斧に手をかけ、力を込めた。刃はさらに肉を裂き、熱い痛みが肩を駆け抜けた。

「お前の痛みも、弱さも、全部俺が受け止めてやる……俺がお前の、最後の希望だ」

「ふざけるな！」

奴は俺の手を振り払い、武器を引き抜いた。

「お前が俺の最後の希望だと……⁉　笑わせるな！　お前みたいな弱い奴が俺の希望であるはずがない‼」

「そうだ……俺は弱い」

俺は変身を解き、素顔を晒《さら》した。

「だからこそ、お前の力が必要だ。そして、お前にも……俺の力が必要なはずだ」

「お前など必要ない！」

俺を拒むように、奴は身構えた。

「俺が怖いか？」

「何……？」

「俺はお前が怖かった。俺でない俺であるお前が……」

そう言いながら、俺は血のにじむ肩を押さえた。

「だが、もう恐れない。俺には……お前の痛みがわかったから」

そして、奴のほうへゆっくりと歩き出した。

「大切なものを決して忘れずいつまでも持ち続ける。それがお前の力であり、強さだ。が、大切なものにこだわるあまり、前に進めないという弱さでもある。それが鋭い痛みとなって、お前の心を激しく揺さぶっているんだ」

近づく俺に、奴が大きく武器を構え直した。

「黙れ！　俺が弱いだと……？　何もできない、何も変えることのできないお前に、そんな事を言われる筋合いはない！」

「お前の言うとおり、俺は何もできないし、何も変える事のできない男なのかも知れない。けれど……すべてを受け入れ、前に進む事はできる」

今にも斬りかかりそうな奴に構わず、俺は進み続けた。

「それがどんなにつらく悲しい事でも、望んだ事でないにしても、それを全部受け止めて今を生きていく糧《かて》にする事ができる——それが俺の力であり、強さだ」

俺は武器を持つ奴の手を握りしめた。

奴の手は小さく震えていた。

「よせ……！」

叫んだ奴の変身が解けた。

素顔になった奴の目に涙が光っていた。

「お前もずっと一人で戦ってたんだな。俺は、そんなお前から目をそむけていた。一番の味方であり、一番の友であるはずのお前から……すまなかった」

俺は、立ち尽くす奴を抱きしめた。

「……やめろ」

奴の涙が俺の肩を濡らした。奴にはもう抗う気配はなかった。

景色は夜に溶け込むようにほとんど消えかけ、空には星が見え始めていた。海から吹き上げる風からも生暖かさは消え、かわりに穏やかで涼しげな風が海の香りを運んできた。

「また一緒に戦おう。そして、これからも力を貸してくれ」

俺は改めて言った。

すべては逆だった。俺はこれまで自分を拒んできた。が、自分を受け入れる事こそが〝俺〟に克《か》つ一番の方法だったのだ。輪島のおっちゃんや瞬平の言った意味が、俺にもようやく理解できた。

「……俺を……受け入れる……な」

抱きしめた奴の体に異変が起こった。

その姿が、まるで夜に溶け込む景色のように薄れてゆき、俺の体と重なり始めた……！

俺達は再び、ひとつの俺に戻ろうとしていた。

そのとき、突然の衝撃波が俺達を襲った。

「ウウッ！」

体を引き裂くような痛みが全身を駆け抜け、俺は後方に弾き飛ばされた。痛む体を押さえながら体を起こすと、同じように倒れているもう一人の〝俺〟が見えた。

ひとつになろうとしていた俺達は、再び分裂した。

「せっかくの二匹目――消すわけにはいかない」

聞いた事のない声がどこからともなく聞こえてきた。

陽は沈み、あたりはすでに暗い。俺は目を凝らし、声の主を探した。すると、分裂した俺達の間を割るように立つ人影が見えた。

「凛子ちゃん⁉」

それは行方がわからなくなっていた凛子ちゃんだった。

「なんで彼女がここに……？」

もう一人の〝俺〟が、体を起こしながら驚いたように言った。どうやら凛子ちゃんをさらったのは、奴ではなかったらしい。

無言で立つ彼女に、俺達は双方から近寄った。

と、彼女の体から衝撃波が放たれ、俺達は再び弾き飛ばされた。

「どういう事だ……？」

彼女の胸のあたりがぼんやりと光っている。よく見ると、それは彼女が抱えた鏡――地下室で俺が手にしたあの鏡だった。

「……これで我が願いが成就《じょうじゅ》する」

見知らぬ声は、その鏡から聞こえてきた。

俺の問いかけに応えるように、鏡の中に妖しい光が浮かび上がった。光はやがて形を変え、俺の顔になった。

「誰だ……？」

「！」

驚く俺を嘲《あざけ》るように、鏡の中の俺はニヤリと笑うと、再び形を変え、フードを被った老人の顔になった。

「我が名はワーロック……貴様と同じ魔法使いだ」

「お前が凛子ちゃんをさらったのか？」

「そうだ。彼女には少し眠ってもらっている……我が願いを叶《かな》えるときまで」

鏡が放つ光でぼんやりと浮かび上がる凛子ちゃんの顔を見ると、たしかに催眠術にでもかかっているかのように虚ろな目をしている。

「誰だか知らねえが、凛子ちゃんを放しやがれ！」

もう一人の〝俺〟が飛び出した。

が、鏡が放つ衝撃波が、さっきと同じように奴を弾き返した。

「生みの親にその言い草はなかろう」

ワーロックと名乗る男の顔が鏡の中で笑った。

俺達を簡単に弾き返すほどだ、奴の魔力はかなり強力らしい。俺は警戒しながら鏡の中の奴を見た。

「お前がこの状況を作った張本人か……？」

「そのとおり……私の暗黒魔術でもう一人のお前を生み出した」

「暗黒魔術……？」

鏡から放たれた光の中に立体映像のように何かが映った。そこには中世のヨーロッパのような情景が広がっていた。

「古《いにしえ》、魔術は科学と並ぶ学問の中心であった。その中でも、私の暗黒魔術は群を抜いて素晴らしく価値あるものだった。あのまま研究を続けていれば、暗黒魔術は世の中心を成し、歴史も今とは大きく変わっていただろう。が、それは叶わなかった……」

映っているのは、鏡が見てきた歴史なのだろうか。情景の中に、ワーロックが何者かに襲われる姿が映し出された。

「科学による文明の発達を唱える者どもは、強力な術者である私を危険視し、暗殺を企てた……」

ワーロックの血まみれの手が鏡面いっぱいに覆いかぶさった。

「瀕死《ひんし》の私は、死に際にこの鏡に自分の魂を定着させた。肉体は滅んだが、魂だけは鏡の中で生き残った」

鏡面に光が宿り、再びワーロックの顔が浮かび上がった。

「以来数百年……私は待った。そして、お前に出会った。私の体を再び取り戻すために必要なものをお前の中に見つけたのだ」

「……賢者の石！」

俺は思わず声をあげた。ワーロックが、凛子ちゃんの顔のほうを見やり、ニヤリと笑った。

「私は、この女に邪気を浴びせ、ホムンクルスの封印が解けるよう仕向け、あの化け物を操ってお前の力を試した」

「じゃ、あれは……！」

「すべては、お前をじっくり観察し、その心を深く覗《のぞ》き込むため。私は、賢者の石が外から取り出す事ができないと知り、中から取り出す事を考えた。そして、暗黒魔術でお前の心の闇に働きかけ、二つに分裂するよう仕向けた」

俺は、もう一人の〝俺〟を見た。奴も複雑な顔で俺を見返した。

「そして、二つに分裂させた理由はもうひとつ……」

奴がそう言うと、鏡の中から紫の雲のようなものが湧き出し、俺と〝俺〟のまわりをぐるりと取り囲んだ。

「ドラゴンが二体必要だったのだ……私が復活する儀式のために」

「儀式……？」

サバトのイメージが浮かび、俺は眉をひそめた。

「賢者の石で肉体を復活させるには膨大な魔力がいる。そこで、二体のドラゴンを魔法陣の中に閉じ込め、共食いさせる事によって生まれる強力な魔力を利用しようと考えたのだ。そのために、お前達の力が最大限に拮抗《きっこう》するまで待っていた」

「俺は、お前の目的のために生み出された道具だったって事か……」

ワーロックの話を黙って聞いていたもう一人の〝俺〟が苦々しくつぶやいた。

「時は来た……ドラゴンの力を持つ二人の魔法使いよ、私のためにその力を差し出すがいい！」

ワーロックがひときわ大きな声をあげた。

声とともに鏡は空高く舞い上がり、俺達を取り囲む雲は巨大な魔法陣となった。そして、魔法陣から光の鎖が放たれ、俺達を絡《から》めとった。

不気味に光る魔法陣の光が、捕らわれた俺達を照らし出した。

そのとき、凛子ちゃんが催眠術から解放されたかのように、急に目を覚ました。

「……晴人くん？」

魔法陣に捕らわれている俺達を見て驚く。

「ここは一体……私はなんでここに……？」

戸惑う彼女に向かって、鏡が電撃を放った。

「ウウッ！　アアアアアーッ！」

激しい電撃に包まれ、彼女がもがき苦しんでいる。

「凛子ちゃん！」

俺と〝俺〟は同時に叫び、飛び出そうとした。が、体に巻きつく光の鎖に阻《はば》まれ身動きがとれない。

その様子を楽しむかのようにワーロックが言った。

「二匹のドラゴンを外に放つには、お前達に同時に絶望してもらうのが一番だ。お前達の目の前で大切な者の命を奪い、絶望の淵《ふち》に叩き込んでやる」

「やめろ！」

「よせ！」

身動きのとれない俺達は声を限りに叫んだ。

「……ああ……ううっ……」

電撃の中で悶《もだ》える凛子ちゃんの意識が薄れてゆく。

俺はこのまま目の前で大切な者を失ってしまうのか……。

両親やコヨミのときのように何もできずに見ている事しかできないのか……。

「二匹の竜、天に昇りしとき……闇は裂かれ、希望の光、再び輝かん。……私という希望が今この世に甦る！」

鏡の中のワーロックが高らかに笑った。

そのとき――一筋の光が鏡を貫いた。

鏡は粉々に砕け、地面にバラバラと落ちた。

魔法陣は消え、俺と〝俺〟は自由になった。

電撃から解放され、倒れそうになった凛子ちゃんの体を抱きとめたのは、魔法使いビースト――仁藤だった。鏡を粉々にした光は、奴の剣から放たれたものであった。

「事情はよくわかんねえが、間に合ったみてえだな」

黄金色に輝く獅子《しし》の仮面の下から奴の明るい声が聞こえた。

俺は驚きに声をあげた。

「目覚めたのか……!?」

「ああ。譲と山本さん、それから真由ちゃんのおかげでな」

ビーストは腹にある古代のベルトをポンと叩いた。

「腹ぺこのキマイラのために皆が貴重な魔力を分けてくれたのさ。まあ、満腹ってわけにはいかないが、なんとか変身してここまで飛んでこれたぜ」

「よくここがわかったな」

もう一人の〝俺〟が言うと、ビーストがマントを翻《ひるがえ》し得意気にポーズをとった。

「真由ちゃんが教えてくれたのさ。それよりどうだ？　ライバルのピンチに颯爽《さっそう》と駆けつける古の魔法使い……なかなかかっこいい登場だろ？」

「皆まで言うな」

俺と〝俺〟は同時に突っ込んだ。

「ちょっと待て。そういや、どっちが本物の晴人なんだ？」

仁藤が改めて俺達を交互に見た。

と、地面に落ちた鏡の破片が妖しく光り始めた。

それらは次々と形を変え、異形の怪物――グールとなって実体化した。グールは、魔石から生まれる下級ファントムだ。鏡はどうやら魔石を磨きこんでできていたものらしい。

「ウォォォォ！」

群れを成したグール達が一斉に声をあげると、奴らの頭上に光が浮かび上がり、ワーロックの顔になった。

「私はまだ諦めん……！」

グールの大群が、一斉にビーストが抱える凛子ちゃんを見た。

「仁藤！」

「おーっと、皆まで言うな」

奴はおなじみの口癖で俺の言葉を遮《さえぎ》ると、意識のない凛子ちゃんを後ろに寝かせ、グール達の前に躍り出た。

「グールは俺に任せろ！　てか、手出すんじゃねえぞ。こいつらの魔力は全部俺が平らげてやる！」

仁藤──ビーストがバキバキと指を鳴らしながら言った。

「さあ、ランチタイムだ！　いや、夜だからディナータイムだ！」

剣をぐるぐる回しながら、奴がグールの大群に斬り込んだ。

俺は、倒れている凛子ちゃんに駆け寄った。同じように、もう一人の〝俺〟も駆け寄り、彼女の反対側の手をとった。

「どけ、彼女は俺が運ぶ」

「今は争っている場合じゃない」

俺達が揉《も》み合っていると、凛子ちゃんが気を取り戻した。

「凛子ちゃん！」

同時に叫び、両脇から覗き込んでいる俺達の顔を、凛子ちゃんが目をパチパチさせながら交互に見た。

「え？　え？　あ、えーと……」

混乱する凛子ちゃんを見て、もう一人の〝俺〟が俺を押しのけようとした。

「お前は離れろ！」

「よせ！　とにかく二人で運ぶんだ！」

俺は〝俺〟にそう言い、彼女の体を起こそうとした。

「逃がしはしない」

凛子ちゃんを両脇から抱えて立ち上がった俺達の前に、光るワーロックの顔が浮かび上がった。

奴は空中を旋回すると、ビーストと戦うグールのうちの一匹の体に飛び込んだ。

「グエェェェエ……！」

奴に飛び込まれ、苦しむグールの体がみるみる膨れ上がり、人の十倍はある巨大な蛇の姿になった。

紫色をしたそれは、巨体に似合わぬ速さでこちらに向かってくると、俺達を猛烈な勢いで弾き飛ばし、凛子ちゃんを巻き取って空へと舞い上がった。

「待て！」

俺は素早くオールドラゴンに変身し、翼を広げて飛び立った。

月明かりの中、前方に凛子ちゃんを捕らえて飛ぶ紫の大蛇が見える。俺はスピードをあげ、大蛇の体に巻き取られている凛子ちゃんのそばに体を寄せた。

「晴人くんッ……！」

自由のきかない凛子ちゃんが救いを求めている。

「今助ける！」

俺は大蛇にとりつき、彼女を締め上げている奴の体めがけ、両手の爪を振り上げた。

が、奴は体を急スピンさせ俺を振り落とした。

空中に放り出され体勢を崩した俺をめがけ、紫の大蛇が大きな口から光球を放った。

あわや直撃かと思われた寸前、飛び込んできた影が光球を粉砕した。もう一人のオールドラゴンだった。

「手を貸してやる」

もう一人の〝俺〟は、俺の前に出て、背中を向けたまま言った。

「が、別にお前のためじゃない」

奴が見つめる先には、大蛇に捕らわれる凛子ちゃんの姿があった。俺は奴の横に並び、同じ方向を見た。

「お前が手を貸してくれるなら百人力だ」

「俺を信用するのか……？」

「ああ。お前は俺だからな」

「……フン」

俺達は同時に構え、同時に叫んだ。

「さあ、ショータイムだ！」

俺と〝俺〟はフルスピードで敵に突っ込んだ。

二体のオールドラゴンの乱舞に紫の大蛇は動揺し、やみくもに尻尾を振り、光球を放った。

混乱する奴めがけて、俺達は左右から同時に攻撃を仕掛け、両目を切り裂いた。

「ウギャアアアアアア！」

両目をつぶされた大蛇が激しくのたうちまわった。

拘束が緩み、凛子ちゃんの体が滑り落ちた。

「キャアアア！」

落下する凛子ちゃんを追って、俺達は猛スピードで飛んだ。

大蛇がやみくもに乱射する光球が後ろから迫る危険も省みず、一心不乱に突っ込んだ。

「ウアッ！」

背後から迫る光球を躱しきれず、もう一人の〝俺〟が吹っ飛ばされた。

あとは俺しかいない。彼女を救えるのは俺しか……！

俺は必死に手を伸ばし、空中で彼女を抱きとめた。

次の瞬間、背中に激痛が走った。

奴の光球が直撃し、そのすさまじい威力に変身が解けた。凛子ちゃんを抱きしめたまま体勢を崩した俺の体は、真っ逆さまになって落下した。

（彼女だけはなんとしても……！）

魔力を発動させる余裕はない。俺は凛子ちゃんの頭と体をしっかり抱え込んだ。

「凛子！」

俺は声を振り絞って叫んだ。

「しっかり摑んでろ！　絶対に俺を放すな！」

体が粉々になりそうなすさまじい衝撃とともに、俺の体は地面に叩きつけられた。

それでも彼女だけは絶対に放さなかった。自分の体をクッションにして、彼女が地面に叩きつけられるのだけはなんとか食い止めた。

「……晴人……くん……」

腕の中の彼女がゆっくりと顔をあげた。

どうやら彼女は無事らしい。ホッとした瞬間、燃えるような痛みが全身に襲いかかった。

「……ウッ！」

「大丈夫⁉」

凛子ちゃんが心配そうに俺を見た。俺は精一杯笑顔を作った。

「ああ。凛子ちゃんこそけがは……？」

「私は全然。晴人くんこそ早く手当てを！」

「それより……逃げて……後ろ……」

体中が痺《しび》れ、指先ひとつ動かせない。俺はそれだけ言うのがやっとだった。

凛子ちゃんの背中越しに紫の巨体が迫ってくるのが見えた。両目をやられても大蛇はこちらの気配を感じるのか、まっすぐにこちらに向かってくる。

「晴人くんを置いていけないわ」

凛子ちゃんが俺をかつぎあげようとしたが、それより早く奴が目前に迫った。

緑色の血に染まった大蛇の不気味な瞳の中に、ワーロックの顔が浮かび上がった。

「こうなったら一人ずつ絶望させてやる。まず、お前の前でその女を殺し、その死骸をもう一人のお前の前でバラバラに切り刻んでやる」

奴の声は、鬱屈した激しい憎悪に満ちていた。

俺は体を起こそうとしたがまったく力が入らない。魔法の指輪をベルトにかざす事さえできなかった。

「俺に構わず……行くんだ……」

「嫌よ！」

凛子ちゃんは俺の前に立ち、ワーロックを睨みつけた。

大蛇の口が大きく開き、喉の奥で渦巻く光が見えた。光は口の中で変化し、先の尖《とが》った鋭い矢のような形になった。

「……逃げろ……！」

かすれた俺の叫び声をかき消すように、鋭く風を切る音が響き渡った。

目の前に立つ凛子ちゃんの体がグラッと崩れた。

彼女の体を無慈悲《むじひ》な光の矢が残酷に貫いた……。

そう思った瞬間、崩れた彼女の向こうに立つ誰かの背中が見えた——もう一人の〝俺〟だった。

「間一髪ってとこだな」

俺達のほうに振り返った奴の体は、光の矢に貫かれていた……。

「お前……」

「別にお前のためじゃない」

奴は俺の言葉を遮り、凛子ちゃんにウインクした。

「晴人……くん……」

地面に崩れた凛子ちゃんが今にも泣き出しそうな顔で奴を見つめている。

「やっとそう呼んでくれたか。これで俺の希望は叶った……かな」

もう一人の〝俺〟はそう言うと、俺のほうを見た。

「彼女の事よろしく頼むぜ……俺の最後の希望さんよ」

奴の指から〝希望《ホープ》〟の指輪がするりと抜け落ちた。凛子ちゃんがそれを拾い上げ、奴を見た。

もう一人の〝俺〟は笑顔を浮かべて言った。

「フィナーレだ」

もう一人の〝俺〟の体は光の粒となって散華《さんげ》した。

「何ッ……⁉」

その眩しさにワーロックが怯《ひる》んだ。

光の粒はやがて俺の手に集まり、手のひらの中で小さな塊になった。

「！」

それは見た事のない指輪だった。指輪は、奴の想いを宿したかのように熱気を帯び、明るく輝いている。

これは、〝俺〟が俺にくれた最後の力だ……。

俺は気力を振り絞って指にそれをはめ、ベルトにかざした。

俺の体は芯から熱くなった。湧き上がる力のままに立ち上がると、俺の姿は火の属性——赤いウィザードに変身していた。

熱い魂がほとばしるがごとく全身から炎が噴き出している。その炎は絶える事なく、俺の体は激しく燃え上がる火柱と化した。

「せっかく作ったドラゴンが……ならば、せめて一匹だけでも！」

ワーロックの叫びとともに、体勢を立て直した大蛇が向かってきた。

「ハッ！」

飛び上がった俺は、燃える火の玉となって奴に突っ込んだ。

体を取り巻く炎が盾となり、次々と襲いかかる光球から俺を守った。俺は、大きく開いた大蛇の口に飛び込んだ。

中は真っ暗な世界だった。その中央に、光となって漂うワーロックの顔があった。

「おのれ……よくもここまで」

奴の顔が醜《みにく》く歪《ゆが》んだ。

〝俺〟の指輪がひときわ眩しく光った。

「わかってる。俺の……〝俺〟の力をすべて叩き込んでやる」

指輪をはめた拳を強く握りしめ、身構えた。

「フィナーレだ……！」

俺の体は炎の矢と化し、一直線に奴に突っ込んだ。

そして、ワーロックを成す光の中心を狙って、指輪をはめた拳を叩き込んだ。炎のパンチが奴の真芯を捉えた。

「うがあああああああ！」

ワーロックの顔が炎となって燃え上がった。

奴の断末魔の悲鳴とともに、あたりを取り囲んでいた真っ暗な世界にひびが入り、外側を覆っていた大蛇の体がボロボロと崩れ始めた。奴を維持していた魔力が炎とともに燃え尽きようとしていた。

「何故……何故……この私が……」

燃え尽きそうなワーロックの目が忌々しげに俺を見た。

「お前は〝俺〟に手を出した……それが敗因だ」

その言葉が終わらぬうちに、奴は燃え尽き、果てた。

崩壊する大蛇の体内から飛び出した俺は地面に着地し、指に光る〝俺〟の指輪を見た。

「……ありがとう。俺の背中を押してくれて」

体から噴き出す炎が消えた。そして〝俺〟の指輪もまた、その役目を終えたかのように光となって消滅した。俺の変身が解けた。

「晴人くん！」

凛子ちゃんが駆け寄ってきた。

「ふぅい」

と大きく息を吐き、彼女に笑いかけようとした瞬間、俺の体は棒切れのように地面に倒れた。

〝俺〟がくれた指輪が、俺の最後の力だった。

気力も、体力も、魔力も、そして生命力も……今の俺からすべてが消えようとしていた。

魂を二つに裂かれた事に端を発し、もう一人の〝俺〟との戦い、ワーロックとの戦い……と、この短いあいだに激しいダメージと急激な回復を繰り返してきた俺の体は、もはや限界を超えていた。

特に生身で受けた傷のダメージは思ったよりひどく、魔力を以《もっ》てしても完全に回復するまでには至らず、無理に無理を重ねた俺の体はもはや悲鳴をあげる事すらできなくなっていた。

「晴人くん！……晴人くん！」

うっすら目を開けると、必死で呼びかける凛子ちゃんの顔が見えた。

その顔を見て、美しいと思った。

こんなときに不謹慎だと怒られるかも知れない。けれど、死に向かいつつある俺にとって、その顔は、まるで生きる輝きを放つ眩しい宝石のように見えたのだ。

希望——ふと、その言葉が頭をよぎった。

そう。彼女こそ……俺の最後の希望。

もはや動かす事のできない唇の奥で、その言葉を深く噛み締めた。

……最後の希望。

父さんと母さんも、最後に俺を見つめて同じように感じたのだろうか……。

コヨミも、最後に俺を見つめて同じように思ったのだろうか……。

俺を最後の希望だと言ってくれた人達のために、希望である俺が消えるわけにはいかない……そう思い、何があっても生き抜くと決めたのに。

ゴメン……父さん、母さん。

ゴメン……ココミ。

そして、ゴメン……凛子ちゃん。

凛子ちゃんには謝りたい事がいっぱいあるのに。伝えたい事もいっぱいあるのに……。

「彼女の事よろしく頼むぜ」

そう言った〝俺〟の顔が浮かんできた。

そうだ。俺は〝俺〟にとっても最後の希望だった。

ゴメン……〝俺〟。

お前には俺の希望を叶えてもらってばかりで、俺は何もしてやれなかった。

もし、俺がまた同じ自分に生まれ変わる事があったら――。

「晴人くん！　……晴人くん！」

呼びかける凛子ちゃんの声がどんどん小さくなっていった。

どんどん小さく。どんどん……どんどんと――。

16章

「晴人くん！　……晴人くん！」

ボロボロになった体で完全に意識を失っている彼に、私は何度も呼びかけた。

鏡が放った雲に包まれて意識を失った私は、気がつくとここにいた。

目の前には二人の晴人くんがいて、彼らは魔法陣に捕らえられていた。そのあとは色んな事が起こりすぎて、今すぐには整理できない。わかっているのは、もう一人の晴人くんが私をかばって消滅し、私を救って敵を倒した晴人くんが瀕死《ひんし》の状態にあるという事だ。

「晴人くん！　……晴人くん！」

何度呼んでも返事がない。一度うっすらと目を開けたような気がしたが、その後は反応がなく、体を揺らしても頬を叩いてもまったくダメだった。

彼の体はどんどん冷たくなってゆき、口元には呼吸の気配がない。私は慌てて彼の胸に耳を当てたが、心臓の鼓動はかすかに聞こえる程度でまったく力がなかった。これはもう意識を失っているというレベルではない。明らかに命の危険が迫っていた。

「晴人くん！　目を覚まして！　晴人くん！」

私は、冷たい彼の体にすがってありったけの声で叫んだ。

「お願い！　お願いだから帰ってきて！　あなたは皆の希望なのよ！　あなたは……私の……」

何も答えてくれない彼の胸に私は泣き崩れた。

また何もできない……やっぱり私には彼を救う力はない。

悔しさと悲しみで強く握りしめた手に、大粒の涙がポタポタと流れ落ちた。

そのとき、涙で濡れた手の中がボウッと光った。

ハッとなって手を開くと、光る指輪があった。それは、もう一人の晴人くんの指から抜け落ちた〝希望《ホープ》〟の指輪だった。拾い上げたまま、なくしてはいけないとしっかり握りしめていたのだ。

指輪が眩《まぶ》しく輝いた。一瞬目を瞑《つぶ》ったが、なんともいえない温かさを感じ、ゆっくりと目を開いた。そこに……彼女がいた。

「ココミちゃん……！」

温かい光の中に浮かび優しい笑顔を浮かべる彼女の姿は、まるでこの世に舞い降りた天使のようだ。

「これは一体……」

「あなたが私を呼んでくれたの」

彼女はそう言うと、倒れている晴人くんを見た。

「晴人がこうなったのは私のせい……ごめんね、凛子」

晴人くんを見つめたまま、彼女は話し始めた。

「私は、晴人の分裂に手を貸した……。けれど、それは仕方のない事だった。放っておけば、晴人は魂だけでなく体ごと裂け、命を失いかねなかったから。だから賢者の石の力を使って、分かれた魂が入る器を作ったの……。だけど、私は晴人を信じてた。晴人なら自分に打《う》ち克《か》つ事ができる。そう信じて、晴人の元から離れたの」

それはコヨミちゃんだからこそできる事だった。誰よりも晴人くんを理解し、彼の本当の力を信じている彼女だからこそ、諸刃《もろは》の剣になる事を承知しながら、苦渋の決断ができたのだ。

「晴人は自分に克った。けど、その戦いは残酷すぎた。彼の命を削るほどに……。晴人を苦しめた償いは私がしなくちゃ」

彼女がそう言うと、私の手から〝希望《ホープ》〟の指輪がフワッと浮かび上がり、コヨミちゃんの手の中に収まった。

「何をするの……？」

「賢者の石の力を晴人に注ぎ込む」

「え？」

「失った命を取り戻す事はできないけど、失いかけている命を繋《つな》ぎとめる事ならできる」

そう言いながら、コヨミちゃんは倒れている晴人くんの指にそっと指輪をはめた。

「待って。そんな事したらコヨミちゃんは――」

彼女は、その言葉を遮《さえぎ》るように私を見た。

「この石がある限り、晴人はいつまでも狙われる。晴人を守るためにも、この石は消えてしまったほうがいいの」

「でも……」

「私の心は消えても、晴人の命になれるならそれでいい」

「ダメよ……ダメよ、そんなの！」

私は大声で叫んだ。

「晴人くんにはあなたが必要なの。ココミちゃんがそばにいないと晴人くんは――」

「私じゃダメなの。晴人には凛子がいるから」

「大丈夫。晴人には凛子がいるから」

「私じゃダメなの。私じゃ彼を助けられない。私にはなんの力も……」

「そんな事ない。私がこうして現れる事ができたのは、凛子のおかげ。凛子の力が、想いが、晴人を救う力を引き出したのよ」

彼女の瞳が優しく私を見つめていた。

「晴人を……お願いね」

ココミちゃんが希望の指輪を強く握りしめた。

「ココミちゃんッ！」

と手を伸ばした瞬間、ココミちゃんの体が眩しく光った。

温かいその光は晴人くんを優しく包み込むと、やがて静かに消えていった。光とともに、〝希望《ホープ》〟の指輪も、ココミちゃんの姿も消えてなくなった……。

晴人くんの瞼《まぶた》がかすかに動いた。

「晴人くん！」

私は晴人くんの手をとって呼びかけた。

彼の目が静かに開き、ゆっくりと私を見た。

「凛子ちゃん……」

少し微笑む彼の顔に赤みが戻ってきた。

「……コヨミの夢を見たよ……」

晴人くんが小さくつぶやいた。

「あいつ笑ってた……戻ってきたんだな、俺のところに」

私は涙が止まらなかった。

嬉しいのか、悲しいのかわからなかった。

ただひたすら感謝の気持ちだけが溢《あふ》れてきた。

ありがとう。私達の晴人くんを返してくれて。

ありがとう、私の希望を返してくれて。

ありがとう……コヨミちゃん。

――数日が過ぎた。

私は0課の職務に復帰し、笛木の地下室から押収した膨大な文献と魔道具の整理に追われている。

晴人くんの一件もあったので、すべての取り扱いには細心の注意を払ったが、新しい問題は特には起こらなかった。

笛木が集めた文献の中には、さまざまな魔法使いの記述があり、その中に晴人くんを狙ったワーロックという男の名もあった。

文明発達の過渡期、科学の進歩によって表舞台から追いやられ、社会の裏側に身を潜める事を余儀なくされた魔法……。

その強力な術者として危険視され、命を落としながらも魂を残し、闇の中で復活と復讐のときを待ち続けた不遇の男――ワーロックというその魔法使いが晴人くんにした事が正しいとはまったく思えないが、流れる時代の中で影でいる事を強いられた彼もまた、一人ぼっちで戦っていたのだと思うと少し胸が痛んだ。

ワーロックの一件に巻き込まれた魔法使いの面々は皆、順調に回復している。

残り少ない魔力を仁藤くんに分け与えた真由ちゃん、譲くん、山本さんは、改めて静養したあと、すっかり元気を取り戻し、魔法も以前と同じように使えるようになってきている。

仁藤くんは、グールの大群をすべて倒し、その魔力でキマイラをお腹いっぱいにする事ができ、ひとまず命の心配はなくなったと前以上に元気になった。

晴人くんは、皆に絶対安静を言い渡され、瞬平くんの監視つきで、あれからずっと自分の部屋で寝かされていたが、その甲斐《かい》あって傷ついた体もかなり良くなったようだ。


私は、晴人くんが落ち着いたころを見計らい、面影堂を訪ねた。

瞬平くんは買い出しに出たらしく、部屋に入ると晴人くんが一人でベッドに腰かけていた。体はまだところどころ痛むそうだが、それでも普通に動けるようになってきたと聞いて、安心した。

私は、コヨミちゃんの事を話した。

コヨミちゃんが、瀕死の晴人くんを救うために現れた事。

彼女が、賢者の石があると晴人くんが狙われると危惧した事。

そして、晴人くんの命となって〝希望《ホープ》〟の指輪とともに消えてしまった事を……。

話を聞き、しばらく黙っていた晴人くんがポツリと言った。

「あの笑顔は……さよならって意味だったんだな」

そして、

「コヨミがくれた命、これからはもっと大事にしないとな」

と、笑顔を見せた。

無理をしてるんじゃないかと初めは思ったが、晴人くんの顔はどこかホッとしていて、背負っていたものを無事に下ろす事ができた安堵感《あんどかん》のようなものが漂っていた。

その表情を見て、ココミちゃんがその身を以《もっ》て晴人くんの心を軽くしてくれたのだと改めて感じた。

ココミちゃんの話が終わると、晴人くんが神妙な顔をして私を見た。

「俺、凛子ちゃんにきちんと謝らなきゃいけない。もう一人の〝俺〟の事、色々と……ごめん」

そう言って頭を下げる晴人くんに、私も深く頭を下げた。

「ううん。私のほうこそ本当にごめんなさい……」

もう一人の晴人くんのおかげで私達のあいだには色々な事があった。

彼を介して晴人くんの気持ちを知り、私は戸惑った。彼の気持ちは晴人くんのものでありながら晴人くんのものとは言いきれない……微妙で複雑なその言動に翻弄《ほんろう》され、傷ついた。

が、それは晴人くんも同じだった。いや、彼のほうが何倍も傷ついたに違いない。勝手な独り歩きを始めた自分の気持ちに苦しみ、悩み、ボロボロになった。

私は彼を助けたいと思いながら逆に追い込んでしまった。謝らなきゃいけない事があるのは私のほうなのだ。

「凛子ちゃんは何も悪くない。悪いのは全部――」

「やめよ。この話はもう」

私は彼の言葉を遮った。これ以上、彼を苦しめたくなかった。

彼が私を気遣い、大事にしてくれている事はもう十分にわかっていた。


「凛子！」


……空から落ちる私を抱きとめながら、彼はそう叫んだ。

初めて私を呼び捨てにしてくれた彼は、まぎれもなく、今目の前にいる晴人くんだ。

私はあの声を決して忘れる事はないだろう。

「しっかり摑んでろ！　絶対に俺を放すな！」

そう言って、私の体をきつく抱きしめた晴人くんの腕から、彼の想いが痛いほど伝わってきた。それだけで幸せだった。私にはそれだけで十分だった。

「晴人くんの気持ちは……もう十分伝わったわ」

私は静かに言った。

晴人くんはそれを聞くと、少し苦笑いしながら言った。

「そうだな。あいつが全部話しちまったから、今さら何かを話したところでかっこつかないよな」

「え？　や、違うの、そういう意味じゃなくて！」

私は慌てて弁解した。

まったく、なんで私はいつもこうなのだろう。よかれと思ってやった事が裏目にでる。

相変わらずな自分に思わず涙が出そうだ。

あわあわしながら言葉を探す私に、晴人くんが言った。

「いいんだ。……ありがとう」

晴人くんは優しく微笑んでいた。

「隠す事がないとわかってる分、かえってすっきりするよ」

その穏やかな顔は、まるで憑《つ》き物が落ちたようにすがすがしかった。

その表情にホッとし、私も微笑んだ。

「けど、かっこつかないなりにお詫《わ》びだけはさせて欲しい。何か希望があれば」

律儀な晴人くんが言った。

「そうねえ……」

私は少し考えて答えた。

「ドーナツおごってくれる？」

「え？」

彼の顔がキョトンとなった。

「で、一緒に食べる。それが私の希望」

私はにっこり笑って言った。

多くは望まない。今は一緒にいてもらえるだけでいい。そう思っていた。

「ま、それでいいならさっそく――」

と、ベッドから立ち上がろうとした晴人くんが「いてッ」と体を押さえた。

「大丈夫？」

「ああ。急に動くとちょっとね」

「無理はしないで」

「ちょっと手貸してくれない？」

晴人くんが私に向かって手を差し出した。

なんだか嬉しかった。

それはささいな事かも知れないけど、人に弱みを見せたがらない晴人くんが素直に助けを求めてくれる事が、私にとって大きな喜びだった。

私は手を伸ばし、彼の手を握りしめた。

晴人くんが私の手を強く握り返した。その瞬間、私の体がフワッと前に――。

終章

……二つの影が重なった。

窓から射し込む穏やかな日差しに映し出された影は、そのままじっと動かない。

温かい気持ちが、ゆっくり、じんわりと伝わってきた。

晴人の体に溶け込んだ賢者の石の力は、もうすぐ完全に消えるだろう。そして、私の心も……。

けれど怖くはなかった。

晴人と、そして凛子のぬくもりを感じながら、私はまた二人に会える、そんな気がしていた。

もし生まれ変わる事があるとしたら、私はきっと二人のそばにいる……そう思った。

暦という少女の体を持っていた私に、彼女の記憶はない。あるのは〝コヨミ〟として生き、晴人や凛子達とともに過ごした思い出だけだ。

あの温かい思い出の日々に戻る事はできないけれど、あの日々と同じくらい、いやそれよりもっと温かい日々が二人の未来に待っている、そんな予感。

そして、そこには小さな私がきっと……。

生まれ変わった私に二人と過ごした記憶はないだろう。

けれど、二人の温かさが、きっと私に、私の心に懐かしいぬくもりと新しい思い出を与えてくれる。そう思うと、消える事はちっとも怖くなかった。

……あたたかい。

私は今、二人のぬくもりの中にいる。

そのぬくもりに包まれながら、私は二人の未来に希望を感じ、静かに目を閉じた……。

完

小説 仮面ライダーウィザード

原作
石ノ森章太郎

著者
きだつよし

協力
金子博亘

デザイン
出口竜也
（有限会社 竜プロ）

きだつよし | Tsuyoshi Kida

1969年大阪出身。

劇作家・演出家・脚本家・俳優・絵本作家。

劇団「TEAM 発砲・B・ZIN」元主宰。解散まで全作品の作・演出を担当。大野智主演「風(プー)」シリーズなど人気舞台も多数手がける。

著書は絵本『のびろ!レーゴム』、小説『小説 仮面ライダー響鬼』、テレビ脚本は『仮面ライダー響鬼』『仮面ライダーウィザード』『中学生日記』など。

講談社キャラクター文庫 016

小説《しょうせつ》 仮面《かめん》ライダーウィザード

2014年10月31日 第1刷発行
2025年 3 月19日 第4刷発行

著者	きだつよし ©Tsuyoshi Kida
原作	石ノ森章太郎《いしのもりしょうたろう》 ©2012 石森プロ・テレビ朝日・ADK・東映
発行者	安永尚人
発行所	株式会社 講談社
	112-8001 東京都文京区音羽 2-12-21
電話	出版 (03) 5395-3491 販売 (03) 5395-3625
	業務 (03) 5395-3603
デザイン	有限会社 竜プロ
協力	金子博亘
本文データ制作	株式会社KPSプロダクツ
印刷	大日本印刷株式会社
製本	大日本印刷株式会社

KODANSHA

ISBN 978-4-06-314871-8 N.D.C.913 310p 15cm
定価はカバーに表示してあります。Printed in Japan